미야모토 무사시 9

불패의 검성劍聖

미야모토 무사시 9

무無의 장

초판 1쇄 발행	2015년 1월 20일
초판 5쇄 발행	2019년 4월 30일

지은이	요시카와 에이지
옮긴이	강성욱
펴낸이	한승수
펴낸곳	문예춘추사
편 집	신주식 고은정
마케팅	심지훈
디자인	오성민

등록번호	제300-1994-16
등록일자	1994년 1월 24일
주 소	서울특별시 마포구 연남동 565-15 지남빌딩 309호
전 화	02 338 0084
팩 스	02 338 0087
블로그	moonchusa.blog.me
E-mail	moonchusa@naver.com

ISBN	978-89-7604-218-7 04830
	978-89-7604-209-5 04830(전 10권)

不敗의 劍聖

미야모토
무사시

9無
무의 장

요시카와 에이지 吉川英治 지음
강성욱 옮김

문예춘추사

차례

무의 장

회화나무
아래

도쿠가와 히데타다는 이제 서른이 갓 넘었다. 그의 부친인 오고쇼大御所, 즉 도쿠가와 이에야스는 일대패업을 거의 완성하고서 지금은 슨푸 성駿府城으로 물러나 말년을 보내고 있었다. 이에야스는 '여기까지 자신이 이루어 놓았으니 후사는 네가 완성해야 한다'며 장군직을 서른 무렵의 히데타다에게 물려주었다.

이에야스는 일생 동안 전쟁을 통해 대업을 이룩했다. 학문과 수양과 결혼, 그리고 가정생활도 전쟁을 하는 와중에 했다. 오사카와의 건곤일척乾坤一擲의 전쟁이 남아 있기는 하지만 그것은 오랜 전쟁의 종국을 의미하고 있었다. 그래서 사람들은 그 전쟁이 기나긴 전국 시대가 진정한 평화의 시대로 돌아가기 위한 마지막 일전이라고 생각하고 있었다. 오닌의 난 이후 참으로 오랜 세월 전란의 연속이었다. 사람들은 평화를 애타게 기다리고 있었다. 무가武家는 물론이고 서민들은 진정한 평화가 찾아온다면 도요토미든 도쿠가와든, 어느 쪽이든 상관없었다.

이에야스가 장군직을 물려줄 때에 '네가 해야 할 일은 무엇이냐?' 하고 묻자 히데타다가 '건설이라고 생각합니다' 하고 대답해 크게 안심을 했다는 일화가 측근들로부터 전해지고 있다.

히데타다의 그런 신조는 지금의 에도에 그대로 나타나고 있었다. 이에야스도 인정하고 있듯 그의 에도 건설은 과감하고 대규모로 빠르게 이루어지고 있었다. 이와는 반대로 도요토미 히데요시의 아들인 히데요리를 옹호하는 오사카 성에서는 전쟁 준비에 여념이 없었다. 장성들은 은밀히 움직이고 밀사들이 분주히 각 번藩을 오갔으며, 낭인들을 모으는 한편 창을 갈고 해자를 깊이 파는 등의 전쟁 준비를 게을리 하지 않았다. 때문에 오사카 성을 중심으로 한 다섯 나라인 야마시로山城, 야마토大和, 가와치河內, 이즈미和泉, 세쓰摂津의 백성들은 당장이라도 다시 전쟁이 벌어질 것이라고 생각하는 반면, 에도 성의 일반 백성들은 이제는 전쟁 걱정 없이 안심하고 살 수 있는 시대가 왔다고 생각하고 있었다. 따라서 불안을 느낀 오사카 지방의 백성들이 한창 건설 중인 에도 지역으로 속속 옮겨 오고 있었다. 그것은 민심이 도요토미가를 버리고 도쿠가와가의 치세를 더 바라고 있는 것처럼 보이기도 했다.

사실 전란에 지친 백성들은 도요토미 쪽이 이겨서 전란이 계속되기보다는 어서 도쿠가와가가 전란을 끝내고 패권을 잡기를 바라고 있었다. 이런 세상의 민심은 에도와 오사카 중 어느 쪽에 자손의 운명을 맡길 것인지 아직 거취를 정하지 못하고 있는 각 번의 다이묘와 그 신하들에게도 영향을 미쳤다. 때문에 도시 구획과 하천의 토목 공사, 성의 개축에 있어서 에도 성을 중심으로 한 새로운 시대의 흐름에 따르고 있었다.

오늘도 히데타다는 평복 차림으로 옛 성의 본성에서 나와 새로 짓는 성의 건설 현장을 돌아보며 시간이 가는 줄 모르고 있었다. 그의 곁에는 측근 무사인 도이土井, 혼다本多, 사카이酒井 등의 각신閣臣과 근신近臣들을 비롯하여 승려들의 모습도 보였다. 히데타다는 약간 높은 곳에 의자를 내오게 하고 잠시 쉬고 있을 때였다. 목수들이 일을 하고 있는 홍엽 산紅葉山 아래쪽에서 분주한 발소리가 들렸다.

"이놈!"

"저기다."

"서라."

예닐곱 명의 목수들이 우물을 파는 인부 한 명의 뒤를 쫓고 있었다. 그는 우리에서 뛰쳐나온 토끼처럼 도망을 다니고 있었는데, 목재 사이에 숨었다가 미장이의 오두막 뒤로 돌아 들어가더니 다시 그곳에서 뛰쳐나와 통나무 위로 기어 올라가서 담장 밖으로 도망치려고 했다.

"고얀 놈!"

뒤쫓아 온 사람들 중 두세 명이 통나무 위에 매달린 인부의 발목을 붙잡았고 우물 파는 인부는 톱밥 속으로 굴러 떨어졌다.

"이놈!

"나쁜 놈!"

"마구 쳐라!"

그들은 인부의 가슴팍을 발로 짓밟고 얼굴을 걷어차더니 목덜미를 움켜잡고 끌어내서 뭇매를 놓았다. 도망치던 인부는 한 마디 비명도 지르지 않았다. 그저 땅바닥이 유일하게 믿을 편인 양 땅바닥에 납작 엎드려 있었다. 발길로 걷어차이고 먹살이 잡혀도 필사적으로 땅바닥을 부여잡고 있었다.

"무슨 일이냐?"

도편수와 감찰 무사가 달려오더니 사람들을 헤치며 소리쳤다.

"조용히 해라!"

목수 한 명이 흥분된 어조로 감찰 무사에게 호소했다.

"곡척曲尺은 무사님들의 칼과 같은 것으로 바로 저희들의 혼과 같은 것인데 저자가 곡척을 발로 짓밟았습니다."

"흥분하지 말고 자세히 말하라."

"어찌 흥분하지 않을 수 있겠습니까? 무사님은 자신의 칼을 누군가 발로 짓밟으며 어떻게 하십니까?"

"무슨 말인지 알겠다. 허나 장군님께서 지금 공사장을 한 바퀴 돌아보시고 저편 언덕 위에서 쉬고 계시는데, 보기 흉하니 어서 물러가 있거라."

"예."

인부들은 잠시 진정하는가 싶더니 다시 말했다.

"그럼 이놈을 저쪽으로 끌고 가자. 이놈에게 목욕재계를 시킨 뒤에 발로 밟은 곡척을 두 손으로 들게 한 다음 사죄를 받도록 하자."

"처벌은 우리가 할 터이니 너희들은 맡은 자리로 돌아가서 일들을 하라."

"남의 곡척을 밟아 놓고서 조심하라고 하니 사과도 하지 않고 변명만 늘어놓았습니다. 이대로는 일을 할 수 없습니다."

"알았다, 알았어. 반드시 벌을 내리도록 하겠다."

감찰 무사는 엎드려 있는 인부의 목덜미를 움켜잡고 소리쳤다.

"얼굴을 들어라."

"예."

"너는 우물을 파는 자가 아니냐?"

"예, 그렇습니다."

"홍엽 산 아래 작업장은 서고 공사와 서쪽 뒷문 벽을 칠하는 일만 있어서 미장이와 정원수, 목공 들 외에는 우물 파는 인부는 없을 터인데. 어찌?"

"바로 그렇습니다."

목수들이 수상히 여기는 감찰 무사의 말에 맞장구를 쳤다.

"이자가 어제오늘 다른 사람의 작업장에 와서 얼씬거리다가 소중한 곡척을 흙발로 밟아서 따귀를 한 대 갈겼습니다. 그랬더니 뭘 잘했다고 건방지게 대들어서 모두들 화가 난 나머지 이런 소란이 일어난 것입니다."

"흐음, 너는 무슨 일로 이곳 서쪽 뒷문 공사장을 얼쩡거리고 있었느냐?"

인부치고는 어딘지 어울리지 않게 늠름한 용모나 약해 보이는 몸집을 보며 수상하게 여긴 감찰 무사가 새파랗게 질린 마타하치의 얼굴을 뚫어지게 바라보았다. 히데타다의 곁에는 호위 무사와 각신, 승려 등이 둘러싸고 경호를 하고 있었다. 그런데 히데타다가 있는 언덕보다 약간 높은 장소를 빙 둘러싸고 요소요소마다 감시병과 경호병이 이중으로 경호를 하고 있었다. 작업장에서 일어나는 세세한 사고까지도 눈여겨보고 있는 그 감시 무사들이 무슨 일인가 하고 그곳으로 달려와서 감찰 무사에게 사건의 경위를 듣더니 주의를 주었다.

"장군님께서 보시면 좋을 게 없으니 눈에 띄지 않는 곳으로 끌고 가도록 하게."

감찰 무사가 도편수에게 일러 인부들을 각자 맡은 작업장으로 보냈고 마타하치는 다른 조사할 것이 있는지 감찰 무사들이 대기하는 곳으로 데리고 갔다. 그런 대기소는 공사장에 여러 곳이 있었는데 현장을 감독하는 관리들이 쉬거나 교대로 기거하는 오두막이었다. 토방 화로에 큰 주전자를 걸어 두고 관리들이 차를 마시러 오거나 짚신을 바꿔 신기 위해 오기도 했다.

마타하치는 이 오두막 뒤에 붙어 있는 싸리광 속에 갇혔다. 그곳은 싸리뿐 아니라 물건을 놓아두는 헛간으로 쓰였는데 단무지 통이나 절임 통, 숯가마 등이 쌓여 있었다. 이곳에 드나드는 것은 취사를 맡은 하인들이었다.

"이 우물 파는 인부는 수상한 데가 있으니 조사가 끝날 때까지 가둬 두고 잘 살피도록 해라."

하인들은 마타하치를 감시하라는 명령을 받았지만 결박을 하지는 않았다. 죄가 있는 자라면 곧 다른 데로 데려갈 것이고 또 이곳 공사장 자체가 이미 엄중한 에도 성의 해자와 성문 안에 있어서 그럴 필요를 느끼지 못했기 때문이었다. 감찰 무사는 그사이에 우물을 파는 인부들의 책임자와 감독을 통해서 마타하치의 신원과 평소의 품행 따위를 알아볼 생각이었지만, 그것도 마타하치의 용모가 인부답지 않은 점만 의심스러웠지 별다른 큰 잘못을 저지른 것도 아니어서 여러 날 동안 아무런 조사도 하지 않았다.

그러나 마타하치는 일분일초가 사지로 들어가는 듯한 공포에 사로 잡혀 있었다. 마타하치는 지레짐작으로 일이 발각된 것이 틀림없다고 단정했다. 그 일이란 말할 것도 없이 그가 나라이奈良井의 다이조에게 사주를 받고 기회를 노리고 있었던 장군 히데타다 저격이었다.

다이조의 사주를 받아 우물 공사 감독인 운페이의 알선으로 성 안에 들어온 이상, 마타하치는 각오를 했어야 했다. 오늘까지 몇 번이나 공사장을 순시하는 히데타다와 마주치고도 회화나무 밑에 있는 철포를 파내서 그를 저격할 수가 없었다.

다이조가 협박을 했을 때 싫다고 하면 그 자리에서 죽임을 당할 것 같기도 했을뿐더러 돈도 탐났기에 한다고 약속을 했었다. 그러나 막상 에도 성 안에 들어오자 비록 이대로 평생 우물 파는 인부로 지내는 한이 있더라도 장군을 저격하는 끔찍한 일은 할 수 없다고 마음을 달리 먹었다. 마타하치는 다이조와의 약속을 잊기 위해서라도 흙투성이가 되어 다른 인부들과 어울려 일을 하고 있었던 것이다. 그런데 이젠 그렇게 할 수만은 없는 사건이 일어나고 말았던 것이다.

그 일이란 서쪽 뒷문 안에 있는 회화나무가 홍엽 산 서고를 짓기 위해 다른 곳으로 옮겨지게 되었던 것이다. 우물 파는 인부들이 많이 들어와 있는 작업장과 그곳은 꽤 떨어져 있지만 마타하치는 다이조가 미리 손을 써서 회화나무 아래에 철포를 묻어 두었다는 사실을 잘 알고 있었기 때문에 남몰래 늘 주의를 기울이고 있었다.

마타하치는 식사 시간 때나 아침저녁 일하다가 틈이 생길 때면 그 문 근처에 와서 회화나무가 아직 파헤쳐지지 않았는지 확인하고 안심을 하곤 했다. 그리고 사람들이 보지 않는 틈을 타서 나무 밑에서 철포를 파내 다른 곳에 갖다 버리려고 애를 태우고 있었다. 그런 와중에 잘못해서 목수의 곡척을 밟아 그들의 노여움을 사서 쫓기게 되었을 때도 몰매를 맞는 것보다 철포가 발각되는 것이 더 두려웠다. 그 두려움은 어두운 창고 안에서도 가시지 않고 매일 그를 괴롭혔다.

'회화나무가 벌써 옮겨졌을지도 모른다. 땅을 파면 그 아래 철포가 발견될 것이고 당연히 조사가 시작될 것이다. 이번에 끌려 나가면 목숨은 없다.'

마타하치는 매일 밤 식은땀을 흘리며 죽는 꿈을 몇 번이나 꾸었다.

저승에는 회화나무만 가득 했다.

어느 밤에 마타하치는 또 어머니 꿈을 생생하게 꿨다. 어머니는 지금 아들의 처지가 불쌍하지도 않은지 누에 소쿠리를 집어 던지며 화를 냈다. 마타하치는 소쿠리 속에 가득 들어 있는 하얀 누에고치를 뒤집어쓰고 도망을 쳤다. 그런데 그 누에고치가 갑자기 흰머리를 산발을 한 어머니로 변하더니 자신을 끝까지 쫓아왔다. 마타하치는 꿈속에서 땀에 흠뻑 젖어 벼랑에서 뛰어내렸지만 어쩐 일인지 몸이 어둠의 나락으로 한없이 떨어지기만 했다.

"어머니, 잘못했습니다!"

아이처럼 비명을 지르며 잠에서 깨어났다. 마타하치는 눈을 떴지만 이번엔 꿈보다도 더 무서운 현실로 돌아와 부들부들 떨며 자책했다.

'그래……'

마타하치는 그 공포에서 벗어나기 위해 회화나무가 아직 제자리에 있는지 옮겨졌는지 눈으로 확인하기로 결심했다. 성 밖으로 도망치는 것은 불가능한 일이지만 이 헛간에서 회화나무 근처까지 가기란 그다지 어려운 일이 아니라고 생각했다. 당연히 헛간은 자물쇠로 잠겨 있지만 불침번이 줄곧 지키고 있는 것은 아니었다. 그는 절임 통을 발판으로 해서 창을 부수고 밖으로 나왔다. 목재와 돌을 쌓아 둔 곳을 지나 흙을 파헤쳐 쌓아 올린 그늘을 기어서 서쪽 문 근처까지 와서 둘러보았다. 커다란 회화나무는 아직 그 자리에 그대로 서 있었다.

"아!"

마타하치는 가슴을 쓸어내렸다. 아직 나무를 다른 곳으로 옮겨 심지 않았기 때문에 자신의 목숨도 붙어 있는 것이라고 생각했다.

'지금이다.'

마타하치는 어딘가에서 곡괭이를 들고 와서 자신의 목숨을 파내듯 나무 밑을 파기 시작했다. 곡괭이로 한 번 내리치고는 그 소리에 놀라 날카로운 눈으로 사방을 살폈다. 다행히 순찰을 도는 보초들의 모습도 눈에 띄지 않았다. 마타하치는 점차 대담하게 곡괭이질을 하기 시작했다. 마침내 구덩이 주위에 흙이 언덕처럼 쌓였다. 그는 땅을 파는 개처럼 정신없이 주변을 파헤쳤다. 하지만 아무리 파도 땅속에서는 흙과 돌밖에 나오지 않았다.

'누가 먼저 파낸 것이 아닐까?'

마타하치는 불안해지기 시작했다. 그럴수록 곡괭이질을 멈출 수가 없었다. 얼굴과 팔이 땀에 흥건하게 젖었고 그 땀에 흙이 튀어 흙탕물을 뒤집어쓴 것처럼 숨을 헐떡였다.

"쿵, 쿵."

숨이 가빠지고 머리가 어질어질했지만 멈추지 않았다. 이윽고 무언가 곡괭이 끝에 덜컥하고 걸렸다. 가늘고 긴 것이 구덩이 바닥에 놓여 있었다.

"있다!"

마타하치는 곡괭이를 내던지고 구덩이에 손을 집어넣었다. 그런데 철포라면 녹이 슬지 않도록 기름종이에 싸서 넣어 두거나 상자 속에

다 넣어 두었을 텐데 손끝에 닿는 것은 왠지 감촉이 이상했다. 그래도 기대감을 가지고 무를 뽑듯 쑥 뽑아 보니 그것은 바로 사람의 다리나 팔 같은 백골이었다.

"아……."

마타하치는 곡괭이를 들 기력조차 없었다. 지금 꿈을 꾸고 있는 건 아닌가 하는 의심조차 들었다. 회화나무를 올려다보자 밤이슬과 별이 빛나고 있었다. 꿈은 아니었다. 나무의 잎사귀를 하나하나 셀 수 있을 만큼 의식은 또렷했다. 분명 다이조는 이 나무 밑에 총을 묻어 둔다고 했었다. 그 총으로 히데타다를 쏘라고 했었다. 거짓말을 했을 리가 없었다. 그런 거짓말을 해서 그에게 아무런 이득도 없을 것이었다. 그런데 총은 고사하고 녹슨 쇠붙이 하나 나오지 않으니 어떻게 된 일일까?

"……."

철포가 보이지 않자 마타하치는 또 불안해졌다. 파헤친 나무 주위의 흙을 발로 휘저으며 찾아보았다.

그때, 등 뒤로 누군가 다가왔다. 그는 지금 온 것 같지 않았다. 아까부터 심술궂게 숨어서 마타하치의 행동을 지켜보고 있었던 듯했다. 그가 갑자기 마타하치의 등을 때리더니 웃으며 말했다.

"무얼 찾느냐?"

마타하치는 깜짝 놀라 온몸에 힘이 빠진 듯 자신이 판 구덩이 속으로 고꾸라질 뻔했다. 뒤를 돌아본 마타하치는 한동안 멍한 눈길로 상대를 바라보다가 이윽고 제정신이 돌아온 듯 신음 소리를 흘렸다.

"따라오너라."

다쿠안이 마타하치의 손을 잡아끌었다.

"……."

마타하치는 몸이 굳어 버린 듯 움직이지 못하다가 다쿠안의 손을 뿌리치고는 부들부들 떨기 시작했다.

"어서 따라오너라."

"……."

"따라오라고 하지 않느냐!"

다쿠안이 노려보며 호통을 치자 마타하치는 무슨 말을 하는지 알아들을 수 없이 더듬거리며 웅얼거렸다.

"어, 어찌, 거, 거기에, 뒤에……."

마타하치는 혀가 꼬인 듯 중얼거리며 발끝으로 흙을 구덩이에 밀어넣으며 자신의 행동을 감추려고 하자 다쿠안이 측은한 듯 말했다.

"쓸데없는 짓 하지 말거라. 인간이 땅 위에서 행한 일체의 일은 백지에 먹물을 떨어뜨린 것처럼 영원히 지울 수 없다. 방금 네가 한 일이 발끝으로 흙을 덮어서 숨기면 사라질 것이라고 생각한다면 어리석은 생각이다. 자, 오너라! 너는 큰 죄를 지은 죄인이니 그 대가를 받아야 하지 않겠느냐!"

다쿠안은 그래도 마타하치가 움직이지 않자 그의 귀를 잡더니 끌고 갔다. 그는 마타하치가 헛간에서 빠져나온 것을 알고 있었다. 다쿠안은 마타하치의 귓불을 잡아 끌고 하인들이 자고 있는 방을 기웃거리더니 문을 두드렸다.

"일어나거라. 어서 일어나 나오너라!"

하인들이 일어나서 나오더니 다쿠안을 수상한 눈으로 살피다가 늘 히데타다 장군 곁에서 장군과 중신 들과 기탄없이 이야기를 나누던 스님이라는 것을 깨닫고 공손하게 물었다.

"무슨 일이신지요?"

"무슨 일은 무슨 일이냐!"

"예?"

"헛간인지 광인지 그 문을 열어라."

"그 헛간에는 지금 수상한 인부를 가둬 두었는데 꺼내실 물건이라도 있으신지요?"

"아직 잠이 덜 깬 모양이구나. 그 안에 가둬 두었던 자가 창문을 부수고 탈출한 것을 내가 붙잡아 왔으니 문을 열라는 것이다."

"아니, 그자가?"

하인들은 놀라 숙직하고 있는 감찰 무사를 깨우러 갔다.

감찰 무사가 황망히 나오더니 사죄를 하며 윗분들의 귀에 이 사실이 들어가지 않도록 해 달라고 몇 번이고 부탁했다. 다쿠안은 말없이 고개를 끄덕이고는 열린 헛간 속에 마타하치를 집어넣더니 자신도 따라 들어가서 안에서 문을 닫아 버렸다. 밖에 있는 사람들은 영문을 몰라 서로 얼굴을 쳐다보며 그냥 서 있었다. 잠시 후 다쿠안이 얼굴을 내밀더니 사람들에게 말했다.

"자네들이 쓰는 면도칼이 있으면 잘 갈아서 하나 빌려주게나."

사람들은 무엇에 쓰려는 것인지 의심스러웠지만 그런 것을 물어봐도 좋은지 나쁜지 판단이 서지 않아서 일단 면도칼을 갈아서 건네주었다.

"딱 좋군."

면도칼을 받아 든 다쿠안이 이제 그만 돌아가서 자라고 명령조로 말하자 그들은 거역하지 못하고 각자 자신의 방으로 물러갔다.

헛간 속은 어두웠다. 하지만 부서진 창으로 별빛이 희미하게 비쳐들어왔다. 다쿠안은 싸리나무 더미에 걸터앉아 있었고 마타하치는 명석 위에 머리를 숙이고 앉아 있었다. 두 사람은 말이 없었다. 마타하치는 면도칼이 다쿠안의 손에 있는지 아니면 바닥 위에 놓여 있는지 신경이 쓰였지만 보이지 않았다.

"마타하치."

"……."

"회화나무 밑을 파 보니 무엇이 나오더냐?"

"……."

"나라면 파낸 것을 보여 주었을 것이다. 허나 그것은 철포가 아닐 것이다. 바로 무에서 유, 텅 빈 땅속에서 세상의 실상을 보여 주었을 것이다."

"…… 예."

"예라고 말하지만 너는 그 실상을 전혀 모를 것이다. 아직 꿈을 꾸는 듯할 것이다. 어차피 너는 어린아이와 같은 순진한 자이니 하나하나 가르쳐 주는 수밖에 다른 도리가 없구나. 마타하치, 너는 올해 몇 살이냐?"

"스물여덟입니다."

"무사시와 같은 나이로구나."

다쿠안이 그렇게 말하자 마타하치는 두 손으로 얼굴을 가리며 훌쩍훌쩍 울기 시작했다. 울고 싶은 만큼 실컷 울라는 듯 다쿠안은 잠자코 있었다. 이윽고 마타하치가 겨우 울음을 그치자 다시 입을 열었다.

"무섭게 여겨지지 않느냐? 회화나무는 너의 무덤이 될 뻔하였다. 너는 네 손으로 네 무덤을 파고 있었다. 너는 그 무덤에 목을 처넣고 있었던 것이다."

"사, 살려 주십시오. 스님."

마타하치는 느닷없이 다쿠안의 무릎을 부여잡고 외쳤다.

"이제야 겨우 알게 됐습니다. 저는 나라이의 다이조에게 속았던 것입니다."

"아니, 아직 정말로 깨닫지 못하고 있다. 나라이의 다이조는 너를 속인 것이 아니다. 욕심쟁이에다 순진하고 겁쟁이면서도 보통 사람이 할 수 없는 대담한 일도 감히 저지를 수 있는, 천하에 둘도 없는 어리석은 자를 발견하고 그것을 교묘하게 이용하려 한 것뿐이다."

"제가 얼마나 어리석었는지 알았습니다."

"대체 너는 다이조가 누구인줄 알고 이 일을 맡은 것이냐?"

"모르겠습니다. 그것은 지금도 알 수 없는 수수께끼입니다."

"다이조는 오타니 교부大谷刑部의 가신인 미조구치 시나노溝口信濃라는 자이다. 그리고 오타니 교부는 세키가하라에서 패한 자들 중 한 명인 이시다 지부石田治部와 막역한 사이였지."

"아니, 그럼 쫓기고 있는 무리들 중 한 명이란 말씀인가요?"

"그렇지 않고서야 히데타다 장군의 목숨을 노릴 까닭이 없지 않느냐? 이제 와서 새삼 놀라다니 참으로 어처구니가 없구나."

"저에게 말하길 그는 그저 도쿠가와가에 원한이 있어서 그들이 천하의 패권을 잡기보다 차라리 도요토미의 세상이 되는 편이 만인을 위해서 좋다. 그러니 자신의 원한뿐 아니라 세상을 위해서라고 말을 해서……."

"그가 그렇게 말했을 때, 너는 어찌 그자의 본심을 좀 더 신중하게 생각하지 못했느냐? 그저 막연히 그자의 말을 믿고 자신의 무덤을 팔 결심을 하다니 참으로 너의 용기는 무섭구나."

"어떻게 하면 좋겠습니까?"

"어떻게 하면 좋겠느냐니?"

"다쿠안 스님!"

"놓아라. 아무리 나한테 매달려도 이젠 너무 늦었다."

"하지만 아직 장군님께 총을 쏜 것은 아니니 제발 살려 주십시오. 반드시 새사람이 되겠습니다."

"아니다. 총을 묻으려고 오던 자가 도중에 일이 생겨서 오지 못하게 된 것뿐이다. 다이조의 농간에 놀아나 그자의 무서운 계책에 따라 조타로가 지치부에서 무사히 에도에 돌아왔더라면 그날 밤, 회화나무 밑에 총이 묻혀 있었을지도 모른다."

"예? 조타로라면 혹시?"

"그건 아무래도 좋다. 어쨌든 네가 마음에 품었던 대역죄는 부처님도 용서하지 않으실 것이니 살려는 생각은 하지 말거라."

"살, 살려 주십시오."

"어쩔 수 없다."

"자비를 베풀어 주십시오."

다쿠안은 벌떡 일어서더니 매달리며 울부짖는 마타하치를 걷어차고는 헛간의 지붕이 날아갈 듯 큰 소리로 호통을 치며 노려보았다.

"어리석은 놈!"

마타하치는 원망스러운 눈으로 다쿠안의 눈을 바라보다 고개를 숙이더니 죽음이 두려운 듯 통곡을 했다. 다쿠안은 싸리나무 더미 위에 두었던 면도칼을 손에 쥐더니 마타하치의 머리 위에 갖다 댔다.

"마타하치, 어차피 죽을 목숨이라면 겉모습만이라도 부처님의 제자가 되어 가도록 하거라. 두 눈을 감고 조용히 무릎을 꿇어라. 삶과 죽음은 한 겹의 눈꺼풀과 같으니 그렇게 울 만큼 무섭지 않을 것이다. 마타하치, 그리 서러워하지 말거라. 내가 고이 보내 주도록 하마."

할죽

내각 원로들의 방인 각로실閣老室은 하나의 밀실과 같았다. 여기에서 주고받는 정사에 관한 이야기가 바깥으로 새어 나가지 않도록 각로실은 빈 방과 복도로 둘러싸여 있었다. 얼마 전부터 다쿠안과 호조 아와노가미는 자주 그 자리에 참석해서 하루 종일 논의를 하곤 했다. 히데타다의 재가를 얻기 위해 중신들이 그의 앞에 나가거나 문서함을 들고 오는 자들도 끊이지 않았다.

"기소木曾에 갔던 사자가 돌아왔습니다."

그날 각로실에 보고가 올라오자 원로들이 학수고대하고 있던 양 직접 듣겠다며 사자를 별실로 들였다.

사자는 신슈信州의 마쓰모토松本 번의 가신이었다. 며칠 전에 각로실은 기소의 나라이에 있는 약재상에서 다이조라는 자를 잡아들이라는 명을 띄웠다. 이에 곧 수배를 했지만 나라이의 다이조 일가는 벌써 가게

를 접고 가미가타上方 쪽으로 자취를 감춰 그 행선지를 아는 자가 없었
다.

사자는 다이조의 집을 수색한 결과 평민의 집에서는 있을 수 없는
무기와 탄약, 오사카 쪽과 주고받은 문서들 중 미처 없애지 못한 것
들이 다소 남아 있었고, 그것을 후일 증거로 삼기 위해 말에 실어 성
으로 보냈지만 우선 급한 대로 경위를 알리기 위해 한발 먼저 왔다고
고했다.

"한발 늦었군."

각로들은 큰 그물에 송사리 한 마리도 걸리지 않았을 때와 같은 심
정으로 혀를 차며 안타까워했다.

다음 날, 각로들 가운데 한 명인 사카이酒井가의 가신이 가와고에川越
에서 와서 보고를 했다.

"분부대로 즉시 미야모토 무사시라는 낭인을 지치부의 감옥에서 방
면하였습니다. 때마침 마중을 온 무소 곤노스케라는 자에게 정중하게
오해의 연유를 밝히고 인도하였습니다."

이 사실은 곧 사카이 다다카쓰酒井忠勝로부터 다쿠안에게 전해졌다.
다쿠안이 고맙다고 말하자 오히려 다다카쓰는 자신의 영지 안에서
벌어진 과오라며 사과를 했다.

"무사시라는 무사에게 잘 말씀해 주시길 바랍니다."

다쿠안이 가슴에 품고 온 일들은 이렇게 에도 성에 머물러 있는 동
안 하나하나 해결되었다. 그리고 시바구치芝口의 전당포와 다이조가

살고 있던 집에는 관가에서 포졸을 보내 가재도구와 비밀 서류 등을 모조리 몰수했고, 아무것도 모르고 빈 집을 지키고 있던 아케미는 봉행소에서 보호하고 있는 중이었다.

그리고 어느 날 밤, 다쿠안은 히데타다의 방으로 찾아가서 그 후의 경과에 대해 보고한 후에 덧붙였다.

"세상에는 아직 수많은 나라이의 다이조가 있다는 사실을 꿈에도 잊으시면 안 됩니다."

고개를 크게 끄덕이는 히데타다의 모습을 본 다쿠안은 그가 사려가 깊다고 생각하고 말을 이었다.

"그런 수많은 자들을 하나하나 붙잡아서 조사하고 처벌하다가는 그 일에 하루해가 져 버릴 것이고, 그러면 장군의 대업은 이룰 수 없을 것입니다."

히데타다는 다쿠안의 말을 뜻을 헤아리며 말했다.

"가벼이 처리해 주시오. 이번 일은 그대의 진언에 의한 것이니 그대에게 일임하겠소."

다쿠안은 이에 대한 감사를 깊이 표한 뒤에 작별 인사를 전했다.

"소승도 뜻하지 않게 한 달여를 성에 머물렀습니다만 그만 성을 나가서 야마토의 야규에 들러 세키슈사이 님의 병문안을 한 후, 센난泉南으로 해서 대덕사로 돌아갈까 합니다."

히데타다는 세키슈사이라는 말을 듣고 문득 지난 일이 떠오른 듯 물었다.

"야규의 할아버지는 그 후 용태가 좀 어떻소?"

"이번에는 다지마 님도 각오를 하고 계시다고 들었습니다."

"그리 위중하시오?"

히데타다는 어릴 적, 상국사相國寺에서 부친인 이에야스의 곁에 앉아서 만난 세키슈사이 무네요시의 모습과 당시의 자신을 회상하고 있었다.

"그리고……."

다쿠안이 침묵을 깨고 다시 말했다.

"일찍이 원로 중신들께도 말씀드려 양해를 얻었습니다만, 아와노가미 님과 소승이 천거한 바 있는 미야모토 무사시를 사범으로 발탁하여 주시기를 아울러 청합니다."

"음, 그 일은 이미 들었소. 일찍이 호소가와가에 소속되었던 인물이라니 야규와 오노도 있지만 또 한 가문 정도는 받아들여도 좋을 것이오."

다쿠안은 이것으로 모든 일이 잘 처리된 듯한 심정이었다.

다쿠안은 곧 히데타다의 앞에서 물러나왔다. 히데타다는 다쿠안에게 마음이 담긴 선물을 하사했지만 다쿠안은 그것을 모두 성 아래에 있는 사찰에 기탁하고 언제나 들고 다니는 지팡이와 삿갓을 쓰고 성을 나섰다.

그럼에도 사람들은 다쿠안이 정사에 간섭한다고 보고 야심을 품고 있다거나 도쿠가와가에 이용당해서 오사카 쪽의 정보를 때때로 가져다주는 밀사라며 뒤에서 험담을 하였다. 하지만 다쿠안의 활동은 그 모든 것이 백성들을 위하는 마음에서 연유한 것이지 일개 에도 성이나 오사카 성의 성쇠 따위는 계절을 따라 피고 지는 꽃으로밖에 여기지 않았다.

다쿠안은 장군에게 작별 인사를 하고 에도 성에서 나오기 전에 사내 한 명을 제자로 데리고 나왔다. 다쿠안은 히데타다에게 위임받은 권한으로 성을 나오기 전에 공사장의 감찰 무사 오두막에 들러 헛간의 문을 열게 했다. 어둠 속에는 파릇하게 머리를 깎은 젊은 중이 고개를 숙이고 우두커니 앉아 있었다. 그가 걸친 법의는 일전에 다쿠안이 여기를 다녀간 다음 날, 사람 편에 보낸 것이었다.

"아……."

열린 문에서 비치는 햇빛이 눈부셨는지 젊은 중이 얼굴을 들었다. 그는 혼이덴 마타하치였다.

"나오너라."

다쿠안이 문밖에서 손짓을 했다.

"……."

마타하치가 일어서다가 다리가 마비된 듯 비틀거리자 다쿠안이 그의 손을 붙잡아 주었다.

"……."

마타하치는 드디어 형벌을 받는 날이 왔다는 듯 모든 것을 단념하고 두 눈을 감고 있었다. 다리가 후들후들 떨렸다. 자신의 목을 칠 날카로운 칼날이 눈앞에 어른거렸다. 수척하게 패인 파리한 볼 위로 눈물이 흘러내렸다.

"걸을 수 있겠느냐?"

"……."

무슨 말인가 하려고 했지만 목소리가 나오지 않았다. 마타하치는 다쿠안에게 부축을 받은 채 힘없이 고개만 끄덕였다.

중문中門을 나섰다. 성벽 위의 다문多門을 거쳐 평하문平河門을 지났다. 몇 개의 문과 해자에 놓인 다리 위를 마타하치는 비몽사몽간에 건넜다. 다쿠안의 뒤를 따라 힘없이 걸어가는 발걸음은 흡사 도살장에 끌려가는 소와 같은 모습이었다.

"나무아미타불, 나무아미타불."

마타하치는 한 걸음 한 걸음 형장으로 다가가고 있는 것이라고 생각하고 입으로 염불을 외었다. 염불을 외면 죽음의 공포를 다소 잊을 수 있기 때문이었다.

마침내 성 밖의 해자로 나왔다. 야마노데山手의 마을 지붕이 보였다. 히비야 촌日比谷村 근처의 밭과 강 위의 배가 보였다. 길을 오가는 마을 사람들의 모습이 보였다.

'아, 세상이구나!'

마타하치의 눈에 세상이 새삼 달리 보였다. 그리고 다시 한 번 이 세상에서 살아 보고 싶다는 집착이 들자 눈물이 흘러내렸다.

"나무아미타불, 나무아미타불."

마타하치는 눈을 감았다. 자신도 모르게 염불 외는 소리가 입 밖으로 흘러나왔다.

다쿠안이 뒤를 돌아보며 재촉했다.

"이놈, 빨리 걷지 못할까!"

다쿠안은 해자를 따라 성의 정문 쪽으로 돌아가서 벌판을 가로질러 걸어갔다. 마타하치는 길이 천 리나 되는 것처럼 느껴졌다. 눈앞의 길이 지옥으로 이어지는 것처럼 대낮인데도 캄캄하게만 보였다.

"여기서 기다리고 있거라."

다쿠안의 말에 그는 벌판 가운데서 걸음을 멈췄다. 벌판 옆에는 도키와常盤 다리 성문에서 이어지고 있는 황톳빛 해자의 물이 흐르고 있었다.

"예."

"도망쳐도 소용없을 것이다."

"……."

마타하치는 이미 죽음의 그림자가 드리운 슬픔에 찬 얼굴을 찡그리며 고개를 끄덕였다. 다쿠안은 벌판을 지나 거리 건너편으로 건너갔다. 그 앞에 장인이 백토를 바르고 있는 흙벽이 있었다. 흙벽에 이어 높은 울타리가 있었는데 울타리 안에는 여느 집과는 다른 검은 건물들이 늘어서 있었다.

"여기는?"

마타하치는 새로 지은 에도 봉행소의 감옥과 관사를 보고 덜컥 소름이 끼쳤다. 다쿠안은 그중 한 곳의 문으로 들어갔다. 갑자기 다리가 부들부들 떨려 왔다. 마타하치는 자신의 몸을 지탱하지 못하고 그만 자리에 철퍼덕 주저앉고 말았다. 어딘가에서 메추라기가 울고 있었다. 대낮의 수풀 속에서 우는 메추라기의 울음소리는 저승길을 안내하는 소리처럼 들렸다.

'이 틈에…….'

마타하치는 도망칠까 생각했다. 몸은 묶여 있지 않았다. 도망치려고 마음만 먹으면 도망을 칠 수 있을 듯했다.

'아니다. 이미 틀렸다. 이 벌판의 메추라기처럼 숨어 봤자 사람들이 수색을 하면 금방 발각될 것이다. 게다가 머리도 깎았고 법의까지 걸쳤는데 이 모습으로는 어찌할 도리가 없어. 아, 어머니!'

그는 마음속으로 절규했다. 새삼스럽게 어머니의 품이 그리워졌다. 어머니의 품에서 떠나지만 않았더라면 이런 곳에서 목이 떨어지는 일은 없었을 텐데 하는 생각에 가슴이 저려 왔다. 오코, 아케미, 오츠…… 마타하치는 죽음을 눈앞에 두고 자신이 젊은 시절에 만난 여자들을 떠올렸지만 가슴속에서 부르고 있는 이름은 오직 하나였다.

"어머니, 어머니……."

마타하치는 '다시 한 번 살 수만 있다면 이번에는 어머니의 말을 거역하지 않고 어떤 효도도 다 할 텐데' 하고 다짐해 보았지만 모두 속절없는 후회에 지나지 않았다. 당장이라도 떨어질 목이었다. 마타하치는 목덜미가 섬뜩해져 구름을 올려다보았다. 물기를 머금은 해가 금방이라도 비를 뿌릴 듯했다. 기러기 두세 마리가 날갯죽지를 보이며 근처 모래톱에 내려앉았다.

'기러기가 부럽구나!'

도망치고 싶은 마음이 꿈틀꿈틀 되살아났다.

'그래, 다시 붙잡히더라도 본전이다.'

마타하치는 눈을 빛내며 길 건너편 문을 바라보았다. 다쿠안은 아직 나오지 않았다.

'지금이다!'

마타하치는 벌떡 일어서서 뛰기 시작했다. 그러자 어디선가 누군가 호통을 쳤다.

"이놈!"

그 한 마디에 마타하치의 마음이 꺾이고 말았다. 생각지도 않았던 곳에서 한 사내가 몽둥이를 들고 서 있었다. 봉행소의 형리였다. 그는 득달같이 달려와서 마타하치의 어깻죽지를 후려쳤다.

"어딜 도망치려고!"

형리는 몽둥이 끝으로 마타하치를 다그쳤다. 그곳에 다쿠안이 나타났다. 봉행소의 형리들도 우르르 몰려나와 마타하치 곁으로 다가왔을 무렵, 네댓 명의 죄수인 듯한 자들이 밧줄에 묶여 끌려 나왔다.

우두머리인 듯한 형리는 처형할 장소를 고르더니 그곳에 두 장의 거적을 깔게 하고 다쿠안을 재촉했다.

"그럼 입회하여 주십시오."

형을 집행하는 자들이 슬금슬금 거적 주위를 둘러싸더니 우두머리 형리와 다쿠안에게 의자를 갖다 주었다.

"일어서거라!"

몽둥이에 짓눌려 있던 마타하치는 그 소리에 몸을 일으켰지만 더 이상 걸을 힘도 없었다. 그것이 갑갑했는지 형리가 마타하치의 목덜미를 붙잡고 거적 위까지 질질 끌고 왔다. 마타하치는 거적 위에 떨리는 목을 늘어뜨렸다. 더 이상 메추라기의 울음소리도 들리지 않았다. 그저 사람들의 떠드는 소리가 벽 너머에서 들리는 것처럼 아득하게 들려왔다.

"아니, 마타하치 님!"

누군가 옆에서 그렇게 외치자 마타하치는 힐끗 옆을 바라보았다. 자신과 나란히 거적 위에 무릎을 꿇고 앉아 있는 여자가 있었다.

"앗, 아케미!"

마타하치가 그렇게 외친 순간, 두 명의 형리가 중간에 끼어들어 긴 떡갈나무 몽둥이로 두 사람을 떼어 놓으며 소리쳤다.

"입을 다물거라."

다쿠안 곁에 서 있던 우두머리 형리가 그때 의자에서 일어서더니 엄숙한 말투로 두 사람의 죄를 밝혔다. 아케미는 울지 않았지만 마타하치는 사람들 앞이라는 것도 개의치 않고 눈물을 흘리느라 형리가 고하는 죄도 귀에 들어오지 않았다.

"쳐라!"

형리가 다시 의자에 다시 앉으며 엄숙한 목소리로 그렇게 외치자 아까부터 할죽을 들고 뒤에 서 있던 자가 앞으로 나오더니 마타하치와 아케미의 등을 후려쳤다.

"하나요, 둘이요, 셋이요……."

마타하치는 비명을 질렀지만 아케미는 새파래진 얼굴을 숙인 채 이를 악물고 참고 있었다.

"일곱이요, 여덟이요, 아홉이요……."

할죽이 잘게 갈라져서 마치 그 끝에서 연기가 피어오르는 것처럼 보였다. 벌판 밖의 길가에 사람들이 걸음을 멈추고 멀리서 바라보고 있었다.

"뭐지?"

"형벌을 당하는 거군."

"장형인 모양인데?"

"몇 대나 맞는 걸까?"

"필시 백 대인 듯하군."

"아직 백 대의 절반이나 남았소."

"세고 있었소?"

"응. 이젠 비명 소리도 들리지 않는군."

몽둥이를 든 형리가 구경을 하는 사람들에게 다가와서 몽둥이로 풀들을 쳐 내며 소리쳤다.

"저리 가거라."

사람들이 다시 길을 가다가 돌아보니 장형이 다 끝났는지 형리가 잘게 쪼개진 할죽을 내던지고 팔로 땀을 닦고 있었다.

"수고했소이다."

"아닙니다."

다쿠안과 우두머리인 듯한 역인役人이 서로 정중하게 인사를 하고 돌아서자 다른 관인들도 역인을 따라 봉행소 안으로 우르르 들어갔다. 다쿠안은 한동안 두 사람이 엎어져 있는 멍석 옆에 서 있다가 아무 말 없이 벌판을 건너 저편으로 가 버렸다.

"……."

"……."

구름 사이로 엷은 햇살이 수풀 위로 쏟아졌다. 사람들이 떠나자 메추라기가 다시 울기 시작했다.

"……."

"……."

아케미와 마타하치는 언제까지나 꼼짝도 하지 않았다. 하지만 정신을 잃은 것은 아니었다. 온몸이 불덩이처럼 화끈거리며 아파왔고 또 천지에 부끄러워 얼굴을 들 수가 없었던 것이다.

"아, 저기 물이……."

아케미가 먼저 입을 열었다. 자신들의 멍석 앞에 조그만 물통과 국자가 놓여 있었다. 가혹한 형벌을 가하는 봉행소에도 한 줌의 인정은 있다는 듯 그곳에 갖다 놓은 것이었다. 아케미가 먼저 달려들어 물을 마시더니 마타하치에게 권했다.

"마셔요."

마타하치는 간신히 손을 뻗어 국자를 받아들고 꿀꺽꿀꺽 물이 마셨다. 형리도 보이지 않았고 다쿠안의 모습도 보이지 않았다. 마타하치는 아직 정신이 온전히 돌아오지 않은 듯했다.

"마타하치 님, 스님이 됐나요?"

"끝난 걸까?"

"뭐가요?"

"형벌이 이걸로 끝일까? 아직 우리 목이 붙어 있잖아."

"의자에 앉아 있던 관인이 우리에게 말했잖아요."

"뭐라고 했지?"

"에도에서 추방한다고요. 저승길로 추방하지 않아서 다행이에요."

"아니, 그럼 목숨은······."

마타하치의 입에서 새된 신음 소리가 새어 나왔다. 대단히 기쁜 듯했다. 마타하치가 일어서더니 아케미는 거들떠보지도 않고 걷기 시작했다. 아케미는 손으로 헝클어진 머리를 다듬더니 옷깃을 여미고 허리끈을 고쳐 맸다. 그러는 사이에 마타하치의 모습은 수풀 저편으로 점점 작아지고 있었다.

"한심한 인간 같으니."

아케미는 입을 삐죽거리며 중얼거렸다. 할죽으로 맞은 자리가 욱신거릴 때마다 그녀는 강해지리라 생각했다. 그런 그녀의 마음속에는 기구한 운명으로 인해 일그러진 성격이 세월과 더불어 한층 요염하게 꽃피고 있었다.

고지로의
편지

　호조가에 맡겨진 지도 벌써 여러 날, 이오리는 장난을 치며 노는 것
도 싫증이 났다.

　"다쿠안 스님은 어떻게 된 거지?"

　이 말의 이면에는 다쿠안이 빨리 돌아오기를 바라는 마음보다 스승
인 무사시를 걱정하는 마음이 담겨 있었다. 호조 신조는 그런 이오리
를 가엾게 여겼다.

　"아버님께서 아직 에도에서 안 돌아오시는 걸 보니 계속 그곳에 머
물러 계실 모양이다. 머잖아 분명 돌아오실 테니 마구간에 가서 말하
고 노는 게 어떠냐?"

　"그럼, 그 말을 빌려도 되나요?"

　"그럼."

　이오리는 마구간으로 달려가서 좋은 말을 골라 끌고 나왔다. 어제도

그제도 그 말을 타긴 했지만 그때는 신조에게 말도 하지 않고 탔었다. 하지만 오늘은 정식으로 허가를 받은 터라 아무것도 거리낄 것이 없었다.

이오리는 말에 올라타자 바람처럼 뒷문 밖으로 달려 나갔다. 그가 가는 곳은 정해져 있었다. 늦가을 풍경의 무가 거리, 밭길, 언덕, 들판, 숲이 순식간에 말 뒤편으로 스쳐 지나가고 은빛으로 빛나는 무사시노 들판의 갈대밭이 눈앞에 펼쳐졌다. 이오리는 말을 세우고 산 너머에 있을 스승의 모습을 생각했다. 지치부의 산봉우리들이 들판 끝으로 아련히 뻗어 있었다.

눈물이 흐르는 뺨을 들판의 차가운 바람이 스쳐 지나갔다. 주위의 수풀 속에 있는 새빨간 하눌타리[1]와 단풍이 든 나뭇잎을 봐도 가을이 깊어 가는 것을 알 수 있었다. 산 너머에는 서리가 내렸을 거라는 생각도 들었다.

'그래! 만나러 가자.'

그렇게 결심한 이오리는 바로 말 엉덩이에 채찍질을 했다. 말은 참억새 물결을 가르며 눈 깜짝할 사이에 반 리나 내달렸다.

"잠깐, 어쩌면 초암草庵에 돌아와 계실지도 몰라."

그날따라 이오리는 웬일인지 자꾸 그런 생각이 들어 초암으로 가 보았다. 지붕도 벽도 부서진 곳이 모두 깨끗이 수리되어 있었지만 아무

---

1 박과의 여러해살이 덩굴풀로 3~5미터 길이로 자라며 손바닥 모양으로 갈라지는 잎이 특징이다. 공 모양의 과육은 화장품 재료로 쓰이고 덩이뿌리와 씨는 약재로 활용한다.

도 없었다.

"저희 스승님이 안 오셨나요?"

이오리는 밭에서 추수를 하고 있는 사람에게 소리쳤다. 근처의 농부들은 이오리를 보자 모두 가엾다는 듯 머리를 저었다.

'말을 타면 하루에 갈 수 있겠지.'

이오리는 멀리 지치부까지 가기로 결심했다. 가기만 하면 무사시를 만날 수 있으리라는 생각에 말을 타고 들판을 내달렸다.

이오리는 언젠가 조타로에게 쫓기던 노비도메 역참까지 이르렀다. 그런데 부락 입구는 말을 탄 사람부터 짐을 실은 말, 짐 상자와 가마들로 가득했다. 사오십 명의 무사들이 길을 막은 채 점심을 먹고 있었다.

"지날 수가 없잖아."

그 길을 지나려면 말에서 내려 끌고 가지 않으면 안 될 듯싶었다. 이오리는 귀찮은 마음에 무사시노 들판 쪽 길로 가려고 말머리를 돌렸다. 그러자 밥을 먹고 있던 사내 서너 명이 뒤쫓아 오며 이오리를 불렀다.

"어이, 꼬마야. 잠깐 기다리거라."

이오리는 말머리를 돌리며 화를 냈다.

"왜요?"

비록 몸집은 작았지만 타고 있는 말과 안장이 위풍당당하게 보였다.

"내려라."

말의 양옆으로 다가온 사내들이 이오리를 올려다보며 말했다. 이오리는 무슨 영문인지 몰랐지만 사내들의 얼굴을 노려보며 말했다.

"다시 돌아가려는데 왜 내리라는 거죠?"

"잔말 말고 어서 내리라면 내려!"

"싫어요."

"싫다고?"

이오리의 말이 끝나기도 전에 사내 중 한 명이 그의 발을 낚아챘다. 등자에 발이 닿지 않았던 이오리는 반대편으로 굴러떨어졌다.

"저기 있는 분이 너에게 볼일이 있다고 하시니 잔말 말고 빨리 오너라."

사내들이 이오리의 목덜미를 잡고 질질 끌고 가자 맞은편에서 지팡이를 짚고 걸어오던 노파가 손을 들어 사내들을 제지하며 통쾌하다는 듯이 웃었다.

"호호호, 잡았구나."

"아!"

일전에 호조가를 찾아왔을 때 자신이 석류 열매를 던졌던 노파였는데 지금은 그때와 달리 행색이 완전 딴판이었다. 많은 무사들과 함께 어디로 가는 것일까? 이오리는 그것조차 생각할 여유도 없이 그저 가슴이 철렁 내려앉으면서 노파가 자신을 어떻게 하려는 것인지 두려움이 일었다.

"꼬마야, 너 이오리라고 했었지? 일전에 나를 잘도 골탕 먹였겠다."

"……."

"요놈."

오스기는 지팡이 끝으로 이오리의 어깨를 쿡 찔렀다. 이오리는 싸울 자세를 취하려다 마을 쪽에 있는 많은 무사들이 모두 노파의 편이라면 이길 도리가 없다 여기고 눈물을 글썽이며 꾹 참고 있었다.

"무사시는 겁쟁이 제자들만 기르는가 보구나. 너도 그중의 하나이더냐? 호호호."

"뭐, 뭐라고……."

"무사시에 대해선 지난번 호조의 아들에게 입이 닳도록 이야기를 했으니 아무래도 좋다."

"난 할멈에게 볼 일 없으니 그만 갈 테야."

"아니, 아직 볼일이 남았다. 오늘은 대체 누구의 심부름으로 우리 뒤를 따라온 게냐?"

"뒤를 밟긴 누가 뒤를 밟아?"

"버르장머리 없는 녀석이군. 그래, 네 스승이 그리 가르쳤느냐?"

"무슨 참견이야?"

"그 주둥이에서 곧 울음소리가 나오게 해 주마. 이리 오너라."

"어딜?"

"따라오라면 따라오너라."

"싫어, 난 갈 테야."

오스기의 지팡이가 불시에 바람을 가르며 정강이를 후려치자 이오리는 자신도 모르게 비명을 내지르며 그 자리에 주저앉았다. 오스기가 눈짓을 하자 사내들이 다시 이오리의 목덜미를 움켜잡고 마을 입구에 있는 방앗간 옆으로 끌고 갔다. 그곳에는 어느 번의 무사인지 모를 사내가 있었는데 번뜩이는 칼을 차고 있었다. 그는 근처 나무에 갈아 탈 말을 매어 두고 방금 식사를 끝낸 듯 하인이 끓여 온 물을 나무 그늘에 앉아서 마시고 있었다. 그 무사는 잡혀 온 이오리를 보더니 빙긋 웃었다. 기분 나쁜 자였다. 이오리는 깜짝 놀랐는데, 그자가 바로 사사키 고지로였기 때문이다. 오스기가 자못 득의양양하게 턱을 내밀며 고지로에게 말했다.

"역시 이오리 놈이었소. 무사시 놈이 분명 음흉한 생각을 품고 우리 뒤를 밟게 한 게 틀림없소."

"흐음……."

고지로도 그렇게 생각하고 있었다는 듯 고개를 끄덕이더니 주위에 늘어서 있는 자들을 물렸다.

"도망치면 안 되니 고지로 님이 묶어 두시지요."

고지로는 다시 엷은 웃음을 띠며 얼굴을 옆으로 저었다. 이오리는 그 웃는 얼굴 앞에서 도망은커녕 일어설 수도 없어서 체념을 하고 있었다.

"꼬마야."

고지로가 말을 걸었다.

"방금 할머님이 말씀하신 게 사실이냐? 틀림없느냐?"

"아뇨, 그렇지 않아요."

"그렇지 않다니?"

"나는 그냥 말을 타고 들판을 달리려고 왔던 거예요. 뒤를 밟은 게 아니에요."

"그렇군."

고지로는 고개를 끄덕이더니 다시 물었다.

"무사시도 무사인 이상 설마 그런 비열한 짓은 하지 않을 게다. 그런데 갑자기 나와 할머님이 호소가와가의 무사들과 함께 길을 떠난 것을 알았다면, 필경 무슨 일인지 무사시도 수상하게 여겨 뒤를 밟고 싶은 마음이 드는 것도 당연하겠지."

고지로는 혼자 그렇게 단정 짓고서 이오리의 변명에는 귀를 기울이지도 않았다. 이오리도 고지로의 말을 듣자 비로소 그와 노파가 새삼 의심스러웠다. 두 사람의 신변에 무슨 변화가 생긴 게 틀림없었다. 왜냐하면 고지로의 특징이었던 머리나 복장이 전과는 달리 알아보지 못할 만큼 변해 있었던 것이다. 앞머리도 깎고 화려했던 복장도 아주 검소하게 변해 있었다. 유일하게 변하지 않은 것은 애검인 모노호시자오뿐이었는데 긴 장검을 보통 칼처럼 만들어서 허리에 차고 있었다.

오스기와 고지로는 여행 차림이었다. 그리고 이곳 노비도메 역참에는 호소가와가의 중신인 이와마 가쿠베 이하 열 명가량 되는 번사^{藩士}와 가신, 그리고 짐을 실은 말을 다루는 자들이 점심을 먹고 휴식을 취하고 있었다. 이런 무리들 속에 고지로가 번사로 있는 걸 보니 마침내 그가 전부터 바라던 숙원을 이룬 모양이었다. 고지로는 자신을 천거한 이와마 가쿠베의 체면을 생각해서 비록 천 석은 아니더라도 사오백 석 정도로 절충해서 호소가와가를 섬기게 된 듯했다.

그러고 보니 호소가와 다다토시細川忠利도 머지않아 부젠豊前의 고쿠라小倉로 귀국한다는 소문이 있었다. 노년의 산사이三斎 공이 꽤 오래전부터 다다토시를 고향으로 보내달라는 탄원서를 막부에 보냈었다. 막부가 이를 허락했다는 것은 막부가 호소가와가를 완전히 믿게 되었다는 신뢰의 증표라고 사람들은 생각하고 있었다. 이 때문에 이와마 가쿠베와 신참인 고지로 일행이 선발대로 본국인 부젠의 고쿠라로 향하는 도중이었다.

오스기 또한 꼭 한 번 고향에 돌아가지 않으면 안 될 사정이 생겼다. 가문을 이을 마타하치가 집을 나간 상황에서 집안의 기둥이라고 할 수 있는 오스기가 오랫동안 고향에 돌아가지 못한데다가 친척들 중에서 가장 믿었던 곤로쿠까지 객지에서 숨을 거두자 여러 가지 해결해야 할 집안 문제가 쌓여 있었던 것이다.

그래서 오스기는 무사시와 오츠에 대한 복수를 일단 뒤로 미루고 고지로가 고쿠라까지 가는 길에 동행을 부탁했던 것이다. 그리고 고향에 산적한 문제들을 해결하는 김에 오사카에 맡겨 둔 곤로쿠의 유골을 찾아서 여러 해 동안 지내지 못한 조상들과 그의 제사를 지내기로 결심했던 것이다. 하지만 오스기는 그 와중에도 무사시를 한시도 잊지 않았다.

고지로가 오노가에서 전해 듣고 오스기에게 들려준 소문에 의하면 무사시는 호조 아와노가미와 다쿠안의 천거로 머지않아 야규가와 오노가에 이어 장군 가의 사범이 될 것이라고 했다. 그 이야기를 고지로에게 들은 오스기는 불쾌한 표정이 역력했다. 그렇게 되면 장차 무사시에게 손을 댈 수 없을 것이 뻔했다. 게다가 그녀의 신념상, 장군 가를 위해서라도 그 일은 반드시 막아야 했다. 무사시 같은 자가 출세하는 것을 막는 게 세상에 본보기를 보이는 일이라고도 생각했다.

그래서 오스기는 다쿠안은 빼고 호조 아와노가미 집뿐 아니라 야규가에도 찾아가 무사시를 천거한 것에 대해 조목조목 반박했다. 또 두 가문 외에도 연줄이 닿는 각신들의 집도 찾아가서 무사시를 참소하며 다녔다. 고지로는 오스기의 그런 행동을 말리지도 않았지만 그렇다고 부추기지도 않았다. 하지만 그녀가 그 일에 모든 것을 걸자 동조하지 않을 수 없었다. 오스기가 무사시의 과거 행실과 잘못에 대해 적은 편지를 쓰면 고지로는 그것을 봉행소나 송사訟事를 담당하는 평정소評定所에 전달했는데, 고지로조차 그다지 내켜 하지 않을 만큼 오스기의 방해 공작은 철두철미했다.

'내가 고쿠라에 가더라도 언젠가 한 번은 무사시와 만날 날이 올 것이다. 그동안 있었던 일을 돌아보면 그와는 숙명적으로 그렇게 될 것이라는 생각이 든다. 이곳의 일은 잠시 제쳐 두고 그가 출셋길에서 낙마한 후, 어떻게 나오는지 두고 보는 것이 좋을 듯하다.'

고지로는 그런 생각에서 오스기에게 이번 고쿠라로 가는 길에 동행할 것을 권했다.

오스기의 마음속에는 아직 마타하치에 대한 미련도 남아 있었다. 그녀는 마타하치가 곧 자신의 잘못을 깨닫고 뒤쫓아 올 것이라고 생각하고 무사시노까지 온 것이다.

이오리는 고지로와 오스기의 일신의 변화를 알 리가 없었다. 도망치고 싶어도 그럴 수 없었고, 그렇다고 눈물을 보이면 스승을 욕보이는 것 같았다. 그래서 이오리는 두려움을 꾹 참고 고지로의 얼굴을 빤히 쳐다보고 있었다. 고지로도 의식적으로 이오리의 눈을 노려보았지만 이오리는 조금도 시선을 피하지 않았다. 언젠가 초암을 혼자 지키면서 날다람쥐와 눈싸움을 하던 때처럼 코로 가늘게 숨을 쉬면서 끝까지 고지로의 눈을 똑바로 응시하고 있었다.

어떤 일을 당할지 몰라 두려움에 떨던 이오리의 공포는 어린아이의 기우에 지나지 않았다. 고지로는 오스기와 달리 해칠 마음은 추호도 없었고 게다가 그는 사회적 지위까지 가지고 있었다.

"할머님."

고지로가 오스기를 불렀다.

"왜 그러시오?"

"벼루상자 있소이까?"

"있지만 먹물이 말랐는데."

"무사시에게 편지를 쓰려고요."

"무사시에게?"

"예. 거리마다 팻말을 세워도 모습을 보이지 않고 또 거처도 알 수 없던 차에, 마침 이 꼬마가 좋은 심부름꾼이 될 듯하여 에도를 떠나면서 편지 한 통 전하려 합니다."

"뭐라 쓰실 생각이신지?"

"여러 말 할 필요는 없고, 무사시도 내가 부젠으로 간다는 것을 소문으로 들었을 것이니 그에게 수련을 쌓은 뒤 부젠으로 오라고 할 참입니다. 내가 늘 기다리고 있으니 자신감이 생긴 날에는 찾아오라고 말입니다."

"그것은……."

오스기는 손을 저으며 말했다.

"그건 곤란하오. 나는 고향에 돌아가서도 곧 다시 나올 것이오. 그리고 앞으로 삼 년 안에 반드시 그놈의 목을 치지 않으면 안 되오."

"저한테 맡겨 두시지요. 할머님의 소원은 무사시와 나와의 숙연을 마무리 짓는 날 이루어질 테니 말입니다."

"허나 내 나이도 나이인지라, 내가 살아 있는 동안에 이루지 않으면……."

"몸을 잘 돌봐 오래 살면 내 검에 무사시의 피를 묻히는 날을 볼 수 있을 겝니다."

고지로는 일어선 채 종이에 글을 적었다. 고지로의 글씨는 활달했고 문장에 재기가 있었다.

"여기 밥풀이오."

오스기가 밥을 쌌던 나뭇잎에 밥풀을 얹어서 내밀자 고지로는 편지를 봉한 후 겉봉에 이름을 쓰고 뒷면에는 호소가와가 가신 사사키 고지로라고 썼다.

"꼬마야."

"……."

"그리 무서워하지 않아도 된다. 이것을 가지고 가거라. 그리고 편지에 중요한 내용이 적혀 있으니까 반드시 스승인 무사시에게 전해야 한다."

그러고는 받아야 할지 단호히 거절할지 고민을 하다가 고개를 끄덕이며 고지로에게서 편지를 받았다.

"예……."

이오리는 벌떡 일어서더니 고지로에게 물었다.

"아저씨, 이 속에 뭐라고 쓰여 있죠?"

"방금 할머님께 이야기한 것과 같은 뜻이다."

"봐도 돼요?"

"봉투를 뜯으면 안 된다."

"만약 무례한 내용이라면 나는 갖다 드리지 않겠어요."

"안심하거라. 무례한 내용은 쓰지 않았다. 예전에 한 약속을 잊지 말라는 것과 내가 비록 지금 부젠에 내려가더라도 반드시 다시 만날 날을 기대하고 있다고 적었을 뿐이다."

"다시 만난다는 건 아저씨와 스승님이 이야기인가요?"

"그렇다. 생사의 갈림길에서."

고개를 끄덕이는 고지로의 뺨에 엷은 홍조가 돌았다.

"꼭 전할게요."

이오리는 편지를 품속에 넣고는 대여섯 걸음 뛰어가더니 오스기에게 소리쳤다.

"멍청이!"

"뭣이라?"

오스기가 뒤쫓아 가려고 하자 고지로가 손을 붙잡더니 쓴웃음을 지으며 말했다.

"어린애 아닙니까. 그냥 보내 주시지요."

이오리는 여전히 가슴에 응어리가 남아 있는 듯 무슨 말인지 하려고 멈춰 서 있다가 분한 듯 눈물을 글썽이는가 싶더니 갑자기 입을 다물었다.

"꼬마야, 멍청이라는 말밖에 더 할 말은 없는가 보구나?"

"없어요!"

"하하하, 이상한 놈이구나. 빨리 가거라."

"안 그래도 갈 거예요. 두고 보라지, 이 편지를 스승님께 꼭 전할 테니."

"그래, 꼭 전해야 한다."

"나중에 후회할 걸요. 당신들이 아무리 이를 갈고 덤벼도 스승님은 이길 수 없을 테니."

"무사시를 닮아서 입만 살았구나. 허나 눈물을 글썽이며 스승 편을 드는 것을 보니 애처롭구나. 무사시가 죽거든 나를 찾아오너라. 마당

청소하는 일을 시켜 주마."

고지로가 놀리려고 한 말에 뼛속까지 치욕을 느낀 이오리가 갑자기 돌을 집어 들어서 던지려는 순간, 고지로와 눈이 마주쳤다.

"이놈!"

이오리는 큰 충격을 받았다. 고지로의 눈은 노려본다기보다 당장이라도 눈동자가 튀어나와 자신에게 달려들 것 같았다. 언젠가 밤에 보았던 날다람쥐의 눈은 고지로의 눈에 비하면 너무나 나약할 정도였다.

"……."

이오리는 맥없이 돌을 내던지고 정신없이 도망쳤다. 아무리 도망쳐도 무서운 생각을 떨쳐 낼 수 없었다. 얼마나 달렸을까, 이오리는 무사시노 들판 한가운데에 숨을 헐떡이며 주저앉았다. 한동안 그렇게 앉아 있던 이오리는 막연하게 자신이 스승이라며 의지하고 있는 무사시의 처지를 처음으로 생각해 보았다. 어린 마음에도 적이 너무 많은 사람이라는 것을 알 수 있었다.

'나도 훌륭해지자.'

언제까지나 스승님을 안전하게 섬기기 위해서는 자신도 똑같이 훌륭해져서 스승을 지킬 수 있는 힘을 빨리 길러야 한다고 생각했다.

'내가 훌륭해질 수 있을까?'

이오리는 솔직하게 자신에 대해 생각해 보았다. 그러다 조금 전 고지로의 눈빛이 떠오르자 온몸에 소름이 쫙 돋았다.

'혹시 스승님도 그 사람을 이기지 못하는 건 아닐까?'

그런 불안감이 들기 시작했다. 만약 그렇다면 스승님도 더 공부를 하지 않으면 안 된다고 걱정을 하기도 했다.

"……."

수풀 속에서 무릎을 껴안고 있는 동안, 노비도메 거리와 지치부의 산봉우리들이 저녁노을에 묻혔다.

'그래, 신조 님이 걱정하실지 모르지만 지치부까지 가자. 감옥에 있는 스승님에게 이 편지를 전해 드리자. 날이 저물었지만 저 쇼마루 고개만 넘으면…….'

갑자기 타고 왔던 말이 생각난 이오리가 일어서서 들판을 둘러보았다.

"말이 어디로 간 거지?"

호조가의 마구간에서 끌고 온 말이었다. 나전 안장이 얹어져 있어 도적의 눈에 띈다면 그냥 둘 리가 없었다. 이오리는 휘파람을 불며 한동안 들녘을 찾아 헤맸다. 물인지 안개인지 옅은 연기 같은 것이 수풀 사이를 낮게 떠다녔다. 그 근처에서 말발굽 소리가 난 듯해서 달려갔지만 말 그림자도 보이지 않았고 냇가 같은 것도 없었다.

"저쪽에 뭐지?"

검은 그림자가 움직이는 것을 보고 달려갔지만 먹이를 주워 먹고 있는 멧돼지였다. 그 멧돼지는 이오리의 곁을 스쳐 수풀 속으로 질풍처럼 도망쳤다. 뒤를 돌아다보니 멧돼지가 지나간 자리에는 마술사가 지팡이로 선을 그은 것처럼 한줄기 밤안개가 하얗게 땅 위에 서려 있었다.

"응?"

그런데 밤안개인 줄 알고 바라보고 있자던 안개가 물이 흘러가는 소리를 내더니 이윽고 시냇물 위로 달그림자가 선명하게 비쳤다.

"……."

무서운 생각이 들었다. 이오리는 어렸을 때부터 여러 가지 들녘의 신비에 대해 알고 있었다. 좁쌀만 한 무당벌레에도 신의 뜻이 깃들어 있다고 믿고 있었다. 움직이는 마른 잎사귀도, 소리 내며 흐르는 강물도, 불어오는 바람도 이오리의 눈에 무심한 것은 하나도 없었다.

그렇게 깊어 가는 가을의 풀과 벌레와 물소리 속에서 천지의 오묘한 기운을 느끼자 어린 이오리의 마음에 쓸쓸함이 한없이 밀려왔다. 이오리는 갑자기 큰 소리로 울기 시작했다. 말을 찾지 못해서 우는 것도 아니고 부모가 없는 자신이 슬퍼서 우는 것 같지도 않았다. 아래팔을 얼굴에 갖다 대고 어깨를 들썩이며 울면서 걸었다. 만약 이럴 때, 사람이 아닌 별이나 들의 요정이 이오리를 보고 왜 우는지 묻는다면 울면서 이렇게 말할 게 분명했다.

"몰라! 내가 그걸 알면 울 리가 없잖아."

한층 다정하게 달래며 그 까닭을 묻는다면 분명 이렇게 말할 것이다.

"나는 넓은 들판에 있으면 갑자기 울고 싶어질 때가 많아. 그리고 늘 호덴가하라의 외딴집이 어딘가에 있을 것 같은 기분이 들어."

혼자 우는 병이 있는 소년에게는 동시에 혼자 우는 영혼의 즐거움이 있었다. 하염없이 울고 있으면 천지가 위로하고 보듬어 준다. 그렇게 눈물이 마르기 시작하면 구름 속에서 나온 것처럼 마음이 청명하게 맑아진다.

"이오리, 이오리 아니냐?"

"이오리다."

갑자기 등 뒤에서 사람의 목소리가 들렸다. 이오리가 울어서 통통 부은 눈으로 뒤를 돌아보자 밤하늘 아래 두 명의 그림자가 짙게 보였다. 말 위에 앉아 있는 사람의 모습은 다른 사람보다 훨씬 커 보였다.

"스승님!"

이오리는 고꾸라지듯 말을 타고 있는 사람의 발밑으로 달려가 등자에 매달리며 다시 한 번 외쳤다.

"스, 스승님!"

그러다 문득 꿈이 아닌가 의심하는 눈빛으로 무사시의 얼굴을 올려다보더니 다시 말 옆에 봉을 짚고 서 있는 무소 곤노스케의 모습을 살펴보았다.

"어떻게 된 게냐?"

말 위에서 내려다보며 말하는 무사시의 얼굴은 달빛 때문인지 몹시 야위어 보였다. 하지만 그 목소리만은 이오리가 평소에 그토록 마음 속으로 그리워하던 스승의 다정한 음성이었다.

"어째서 이런 곳에서 혼자 있는 게냐?"

곤노스케는 이렇게 묻더니 이내 손을 뻗어 이오리의 머리를 쓰다듬더니 가슴 쪽으로 끌어당겼다. 만일 앞서 울지 않았더라면 지금 울었을지도 모르는 이오리의 뺨은 달빛을 받아 발그스름했다.

"스승님이 계신 지치부로 가려고……."

말을 하던 이오리의 눈이 문득 무사시가 타고 있는 말의 안장으로 향했다.

"응? 이 말은 내가 타고 온 말인데."

곤노스케는 웃으며 물었다.

"네 말이더냐?"

"예."

"누구의 말인지 모르지만 이루마 강 근처에서 서성거리고 있기에 하늘이 무사시 님이 피곤한 걸 아시고 내려 주신 거라 생각하고 타시도록 권한 것이다."

"아, 그럼 들녘 신령님이 스승님을 마중하기 위해 일부러 그쪽으로 도망치게 한 거구나."

"그런데 너의 말이라는 것도 이상하구나. 이 안장은 천 석 이상의 녹을 받는 무사의 것일 텐데."

"호조 님 댁 마구간에 있는 말이에요."

무사시가 말에서 내리며 물었다.

"이오리, 그럼 너는 지금까지 아와노가미 님의 저택에 있었던 것이냐?"

"네, 다쿠안 스님이 데려다 주시며 거기 있으라고 말씀하셨어요."

"초암은 어떻게 되었느냐?"

"마을 사람들이 전부 수리를 해 주었습니다."

"그럼 이제 돌아가도 비바람 걱정은 하지 않겠구나."

"스승님."

"왜 그러느냐?"

"여위셨어요. 왜 그렇게 마르셨죠?"

"옥사 안에서 좌선을 했단다."

"옥에선 어떻게 나오셨어요?"

"나중에 곤노스케 님에게 자세히 듣도록 해라. 한마디로 말하면 하늘이 돌봐 주셨는지 어제 갑자기 무죄로 방면되었다."

곤노스케가 이내 덧붙였다.

"이제 걱정할 것 없다. 어제 가와고에의 사카이가에서 전령이 와서 누명을 쓴 것이라는 사실을 밝히고 정중히 사과까지 했단다."

"그럼 분명 다쿠안 스님께서 장군님께 부탁드린 걸 거예요. 다쿠안 스님이 성에 들어가셨는데 아직 호조 님 댁으로 돌아오시지 않았거든요."

이오리는 갑자기 말이 많아졌다. 그리고 조타로와 만난 일이며 조타로의 아버지가 행각승이 된 일, 또 호조가에 몇 번이나 오스기가 찾아와 험담을 늘어놓은 일 등을 연거푸 이야기했다. 그러고는 오스기의 이야기가 나오자 생각났다는 듯 말했다.

"아, 그리고 스승님. 또 큰일이 있었어요."

이오리는 몸을 뒤적이더니 사사키 고지로의 편지를 꺼냈다.

"고지로가 편지를?"

서로 원수라고 부르는 사이지만 오랫동안 소식이 끊긴 사람은 그립기 마련이었다. 하물며 서로 실과 바늘처럼 수행에 힘쓰는 경쟁자이기도 했다. 무사시는 마치 기다리던 소식이라도 받아 든 것처럼 겉봉을 보면서 물었다.

"어디서 만났느냐?"

"노비도메의 주막에서요."

이오리는 그렇게 대답하고는 덧붙였다.

"그 무서운 할머니도 함께 있었어요."

"할머니라니, 혼이덴가의 할머니 말이냐?"

"네. 부젠으로 간다고 하던데요."

"그래?"

"호소가와가의 무사들과 함께요. 자세한 건 그 안에 쓰여 있을 거예요. 스승님, 마음을 놓아서는 안 돼요. 정신 바짝 차리세요."

무사시는 편지를 품 안에 넣고는 말없이 고개를 끄덕여 보였다. 하지만 이오리는 그래도 마음이 놓이지 않는 듯했다.

"고지로라는 사람도 강하죠? 스승님과 무슨 원한이 있나요?"

그러고는 이오리는 묻지 않았는데도 오늘 있었던 일을 자세히 이야기했다.

무사시는 수십 일 만에 초암에 도착했다. 당장 필요한 것이 물과 음식이었다. 곤노스케가 땔감과 물을 준비하는 동안 이오리는 밤이 깊었지만 마을의 농가로 달려갔다. 세 명은 불 지핀 화로를 둘러싸고 앉았다. 빨갛게 타오르는 화로를 둘러싸고 오랜만에 서로의 무사한 모습을 확인하는 즐거움은 파란만장한 경험을 해 본 사람이 아니라면 가늠할 수 없는 인생의 기쁨이었다.

"어?"

이오리는 소매에 가려져 있는 스승의 팔과 목덜미 등에 아직 아물지 않은 시퍼런 멍 자국이 있는 것을 보고 자신이 아픈 듯 눈썹을 찡그리면서 옷의 안쪽을 들여다보았다.

"스승님, 온몸이…… 무슨 일이 있으셨나요?"

"아무것도 아니다."

무사시는 화제를 바꾸기 위해 이오리에게 물었다.

"말한테 뭘 좀 먹였느냐?"

"네, 여물을 주었습니다."

"내일은 말을 호조 님 댁에 돌려드리고 와야 한다."

"네, 날이 새면 갔다 오겠습니다."

이오리는 일찍 일어났다. 아카기시타赤城下에 있는 저택에서 신조가 걱정하고 있을 것이 분명해서 제일 먼저 일어나 문밖으로 뛰어나갔다. 아침을 먹기 전에 갔다 오기 위해 말 위에 올라 채찍을 휘두르며 출발하려는데 때마침 무사시노 들녘 동쪽에서 커다란 태양이 초원 위로 떠오르고 있었다.

"아!"

이오리는 말을 멈추고 놀란 눈으로 태양을 바라보다가 갑자기 말머리를 돌려 초암을 향해 외쳤다.

"스승님, 빨리 일어나세요. 예전 지치부 봉우리에서 빌었던 때처럼 오늘은 커다란 태양이 초원에서 떠오르고 있어요. 곤노스케 아저씨도 빨리 나와서 비세요."

"그래."

어디에선가 무사시가 대답했다. 무사시는 벌써 일어나서 새소리를 들으며 걷고 있었다. 무사시는 숲에서 나와 눈부신 초원을 바라보았다. 다녀오겠다고 인사를 한 이오리가 말을 타고 달려가자 그 말발굽 소리가 무사시의 귓가로 들려왔다. 이오리는 한 마리 까마귀가 태양 한가운데로 날아 들어가듯 순식간에 작아지면서 검은 점이 되더니 이윽고 자취를 감추었다.

단심

　하룻밤이 지나고 나면 낙엽이 수북이 쌓였다. 문지기가 대문을 열어 집 안을 청소하고 산더미같이 쌓인 낙엽에 불을 지핀 후 아침을 먹고 있을 무렵이었다. 호조 신조는 아침 독서와 가신을 상대로 수련을 끝내고 우물가에서 땀에 젖은 몸을 씻은 다음에 마구간의 말들을 보러 왔다.

"밤색 말은 어제 돌아오지 않았느냐?"

"말도 말이지만 꼬마는 대체 어디에 갔는지……."

"이오리 말이냐?"

"설마 밤새도록 말을 타지는 않았을 텐데 말입니다."

"걱정할 것 없다. 이오리는 들판에서 자란 아이니까."

　그때, 문지기 영감이 달려와 호조 신조에게 고했다.

"도련님, 친구분들께서 오셨습니다."

"친구들?"

신조는 현관으로 가서 그 앞에 모여 있는 대여섯 명의 젊은이들을 향해 말했다.

"어서 오게."

그러자 그들도 차가운 아침 기운 속에서 신조를 향해 오며 반색을 했다.

"오랜만입니다."

"모두들 왔는가?"

"무고한지요?"

"보는 바와 같이."

"다쳤다는 소문을 들었습니다만."

"대단하지는 않네. 한데, 아침 일찍부터 이렇듯 모두 어쩐 일인가?"

"그게……."

그들은 서로 얼굴을 마주 보며 말했다. 젊은이들은 장군의 직속 무사나 문관의 자제들이었다. 또 얼마 전까지는 오바타 간베 小幡勘兵衛 군학소의 생도들이기도 했는데 그곳의 선생이기도 했던 신조의 입장에서는 아우이거나 제자에 해당하는 자들이었다.

"저리로 가세."

신조는 마당 한쪽에서 타고 있는 낙엽더미를 가리켰다. 그들은 불을 둘러싸고 섰다.

"날씨가 추워지면 아직 상처 부위가 아프네."

신조가 손으로 목덜미 부근을 만지며 말하자 젊은이들은 신조의 자상을 번갈아 보며 물었다.

"상대가 사사키 고지로라고 들었습니다만."

"그렇네."

신조는 눈에 아리는 연기에 얼굴을 돌리더니 말이 없었다.

"오늘 이렇게 온 것은 그 사사키 고지로에 대한 일인데, 돌아가신 스승님의 아드님인 요고로 님을 죽인 것도 고지로의 짓이라는 것을 어제 알아냈습니다."

"짐작은 하고 있었네만 증거가 나왔는가?"

"요고로 님의 시신이 발견된 곳이 바로 이사라고伊皿子 절의 뒷산이었습니다. 그 후로 저희가 조사해 보니 이사라고 언덕 위에 호소가와가의 중신인 이와마 가쿠베라는 자가 살고 있었는데, 그자의 별채에 사사키 고지로가 기거하고 있었다는 사실을 알게 된 것입니다."

"그럼 요고로 님은 혼자서 고지로를 찾아간 것이군."

"복수를 하러 갔다가 오히려 당한 듯합니다. 뒷산의 절벽 아래에서 시신이 발견되기 전날 저녁, 꽃집 주인이 요고로 님과 닮은 사람을 근처에서 보았다고 합니다. 필시 고지로가 죽인 후에 절벽 아래로 시신을 던진 것이 분명합니다."

"……."

이야기는 거기서 끊겼지만 그들은 낙엽이 타들어가는 연기 속에서 대가 끊긴 스승의 가문을 생각하며 비통한 얼굴로 서로를 바라보고 있었다. 신조가 불기운에 빨갛게 달아오른 얼굴을 들며 물었다.

"그런데, 내게 의논할 것이 있다는 것은 무엇인가?"

한 명이 말했다.

"스승님의 가문을 앞으로 어떻게 할 것인가 하는 것과 고지로에 대한 우리들의 각오를 분명히 하기 위해서입니다."

다른 젊은이가 덧붙였다.

"아무래도 신조 님이 중심이 되어 분명히 결정을 내리는 것이 좋을 듯하여 이렇게……."

신조가 생각에 잠긴 듯 아무 말이 없자 그들은 다시 말을 이었다.

"들으셨는지 모르겠지만 사사키 고지로는 호소가와 다다토시 공의 밑으로 들어가 이미 번지로 떠났다고 합니다. 스승님께서는 한을 남기시고 돌아가시고 요고로 님마저 고지로에게 당하고 말았습니다. 게다가 그의 칼 아래 쓰러진 동문들도 한둘이 아닌 터인데, 이렇게 고지로가 이곳을 떠나는 것을 손을 놓고 보고 있어야 한다는 것이……."

"신조 님, 분하지도 않으십니까? 오바타의 문하생으로서 이대로는 도저히……."

매운 연기에 목이 메는지 누군가 잔기침을 했다. 낙엽이 하얀 재가 되어 날아올랐다. 침묵을 지키고 있던 신조가 비분에 찬 동문들의 이야기를 듣고 있다 마침내 입을 열었다.

"나는 고지로에게 맞은 칼의 상처로 인해 아직도 온전치 못한 몸이네. 이른바 부끄러운 패자 중 한 명이네. 당장 이렇다 할 계책도 없이 자네들은 대체 어쩌자는 것인가?"

"호소가와가와 담판을 지으려고 합니다."

"뭐라고?"

"그동안의 경위를 설명하고 고지로를 우리에게 넘겨 달라고 말입니다."

"그런 뒤엔 어쩔 심사인가?"

"돌아가신 스승님과 요고로 님의 무덤 앞에 놈의 목을 바칠 것입니다."

"고지로를 결박한 채 내주면 좋겠지만 호소가와가에서 그렇게 하진 않을 걸세. 우리들이 죽일 수 있는 상대라면 벌써 해치웠을 거야. 또한 호소가와가도 고지로가 무예가 뛰어난 점을 높이 사서 받아들인 터인데 자네들이 넘기라고 하면 오히려 고지로의 실력을 더 돋보이게 하는 것과 다름이 없을 것이네. 그러니 그런 자를 더욱 내놓을 수 없다고 나올 것이 뻔하네. 일단 가신으로 받아들인 이상, 비록 신참이라고 해도 그리 쉽게 건넬 다이묘는 호소가와가뿐 아니라 어느 곳도 없을 것이네."

"그렇다면 어쩔 수 없이 최후의 수단을 취할 수밖에 없습니다."

"다른 방법이라도 있나?"

"이와마 가쿠베와 고지로 일행이 떠난 것은 바로 어제이니 쫓아가면 도중에 따라잡을 수 있을 겁니다. 신조 님을 필두로 여기 있는 우리 여섯 명과 다른 오바타 문하생들 가운데 뜻이 같은 자들을 규합해서……."

"기습을 하자는 건가?"

"그렇습니다. 신조 님도 힘을 보태 주십시오."

"나는 싫네."

"싫다니요?"

"싫네."

"어째서입니까? 듣기로 신조 님은 오바타가와 스승님의 가명을 이어받은 몸이 아닙니까?"

"나의 적이 나보다 뛰어났다고 인정하고 싶지 않지만, 솔직하게 우리와 그를 비교하면 검으로는 도저히 쓰러뜨릴 수 있는 적이 아닐세. 비록 동문을 규합해서 몇 십 명이 달려들어도 도저히 당해 낼 수 없을 걸세."

"그럼 그저 보고만 있자는 겁니까?"

"나 역시 원통한 마음 금할 수 없네. 다만 때를 기다려야 한다고 생각하네."

"한가하십니다."

한 명이 혀를 차며 말하자 다른 한 명이 신조를 비난했다.

"비겁한 변명입니다."

그들은 더 이상 의논할 것이 없다는 듯 신조를 그 자리에 남겨둔 채 돌아갔다. 그들이 문을 나서는 찰나, 말에서 내린 이오리가 말고삐를 끌며 저택 안으로 들어왔다. 그는 마구간에 말을 맨 뒤 불 곁으로 달려왔다.

"아저씨, 여기 계셨어요?"

"이제 왔느냐?"

"무슨 생각하세요? 누구하고 싸웠어요?"

"왜?"

"방금 제가 들어오면서 보니까 젊은 무사들이 굉장히 화를 내며 나가서요. 문을 돌아보며 사람을 잘못 보았다거나 겁쟁이라면서 막 욕하고 가던데요?"

"하하하, 그랬구나."

신조는 웃어넘겼다.

"자, 불을 쬐거라."

"무사시노 들판에서 한달음에 달려와서 몸에서 이렇게 뜨거운 김이 나는데요."

"건강하구나. 어젯밤은 어디서 잤느냐?"

"초암요. 아저씨, 스승님이 돌아오셨어요."

"그렇겠구나."

"뭐야, 알고 계셨어요?"

"다쿠안 스님께서 말씀하셨다. 아마 지치부에서 풀려나서 지금쯤 돌아가 계실 거라고."

"다쿠안 스님은 어디 계세요?"

"안에 계신다."

신조는 눈으로 안쪽을 가리키며 물었다.

"이오리, 들었느냐?"

"뭘요?"

"네 스승님이 출세하신다는구나. 아주 기쁜 일인데 아직 모르고 있느냐?"

"뭐예요? 가르쳐 주세요. 스승님이 출세하신다니 무슨 말이에요?"

"장군 가의 사범이 돼 검종劍宗으로 존경받는 날이 온 거란다."

"정말요?"

"기쁘냐?"

"기쁘고말고요. 그럼 말을 다시 빌려 주지 않을래요?"

"어쩌려고?"

"스승님한테 알려드리려고요."

"그럴 필요 없다. 오늘 안에 정식으로 네 스승님께 연락이 갈 거다. 내일 그것을 가지고 다쓰노구치辰口의 대기소로 가서 등성登城 허가가 나면 그날 바로 장군님을 뵙게 될 게야. 때문에 사자가 오면 내가 바로 마중을 해야 한다."

"그럼 스승님이 이리 오시나요?"

"그렇단다."

신조는 고개를 끄덕이고 걸음을 옮겼다.

"아침은 먹었느냐?"

"아니요."

"그럼 빨리 먹고 오너라!"

신조는 화가 머리끝까지 나서 돌아간 사람들이 마음에 걸렸지만 이오리와 이야기를 나누는 동안 우울했던 마음이 다소 가벼워졌다.

그 후 반 각이 지났을 무렵, 각료들이 보낸 사자가 왔다. 다쿠안에게 보낸 서신과 함께 내일 다쓰노구치의 대기실로 무사시를 데리고 오라는 전갈이었다. 신조는 그 명을 전하기 위해 말에 올라 따로 한 필의 수려한 말을 하인에게 끌게 하고 무사시가 머물고 있는 초암으로 떠났다. 신조가 찾아갔을 때, 무사시는 새끼 고양이를 무릎 위에 올려놓고 양지에서 곤노스케와 이야기를 나누고 있었다.

"인사를 하려고 찾아가려던 참이었습니다만……."

무사시는 바로 신조가 끌고 온 말에 올라탔다. 옥에서 풀려난 무사시에게 장군 가의 사범이라는 영달이 기다리고 있었다.

하지만 무사시는 그보다도 다쿠안이라는 벗, 아와노가미라는 지기, 신조라는 훌륭한 젊은이가 한낱 나그네와 같은 자신을 따뜻한 마음으로 대해 주는 것에 고마움과 세상의 따뜻한 정을 느꼈다.

다음 날, 호조 부자는 무사시를 위해 한 벌의 의복과 부채, 종이 등을 준비해 놓고 기다리고 있었다.

"경사스러운 날이니 홀가분한 마음으로 다녀오시게."

그들은 팥밥과 생선이 딸린 아침을 준비해서 마치 자기 가문의 경사를 축하하는 것처럼 세심하게 마음을 써 주었다. 무사시는 그들의 따뜻한 온정과 다쿠안의 호의를 생각해서라도 자신의 뜻만 고집할 수 없었다.

무사시는 지치부의 옥중에서 곰곰 생각해 보았었다. 이 년이라는 세월 동안 호덴가하라를 개간할 때, 흙과 친해지고 농부들과 함께 일을 하고, 자신의 병법을 치국이나 정치 경륜을 펴는 데 살리고 싶다는 야심은 일찍이 품은 바 있었다. 하지만 에도의 실정과 천하의 풍조는 결코 그가 이상으로 생각하는 데까지는 이르지 못했다. 숙명적으로 도요토미가와 도쿠가와가는 천하를 걸고 일전을 감행할 것이었다. 사상이나 민심도 혼탁한 풍랑의 시기를 헤쳐 나가야 했다. 그리고 간토나 가미가타, 어느 쪽이 천하통일을 이룰 때까지 성현의 길과 치국의 병법을 논하거나 행할 리가 없었다.

당장 내일이라도 그런 전란이 일어난다면 자신은 어느 쪽에 가담할 것인가. 간토에 가담할 것인가, 가미가타로 달려가 가담할 것인가. 아니면 아예 세상을 등지고 산으로 들어가서 세상이 진정되기까지 기다려야 할 것인가.

'어느 쪽이든 지금 장군 가의 사범이 되어 그것에 안주하면 내가 품었던 이상은 거기서 끝날 것이 자명하다.'

예복을 입고 수려한 안장을 얹은 말에 올라타 영달의 문을 향해 아침 햇살이 반짝이는 길을 가는 무사시의 마음 한구석에는 무언가 만족할 수 없는 응어리가 남아 있었다.

'하마下馬'라고 적힌 높은 팻말이 보였다. 덴소伝奏[2] 건물의 문이었다.

---

2 헤이안 시대 말기 이후, 천황이나 상황에게 상주上奏를 고하거나 그것을 담당했던 직책.

굵은 자갈을 깐 문 앞에 말을 매어 놓는 기둥이 있었다. 무사시가 말에서 내리자 이내 관인 한 명과 말을 보살피는 자가 달려왔다.

"어제 로주老中³님의 부름을 받은 미야모토 무사시라는 사람입니다. 대기실의 관인께 전하여 주십시오."

무사시가 혼자 기다리는 동안, 다른 사람들이 먼저 안내를 받으며 출발했다.

"전갈이 올 때까지 여기서 기다리십시오."

다다미가 스무 개 정도 깔린 길고 넓은 방 한쪽 벽면에 춘란과 작은 새 그림이 그려진 당지唐紙가 걸려 있었다.

사람을 본 것은 다과를 내올 때가 마지막이었는데 그 뒤로 한나절이나 기다렸다. 당지에 그려진 새는 울지 않았고 난초는 향기가 없었다. 무사시는 하품이 나올 지경이었다.

마침내 각료의 한 사람인 듯한, 불그레한 얼굴과 백발이 범상치 않아 보이는 늙은 무사가 나타났다.

"무사시 님, 오랫동안 기다리게 해서 죄송합니다."

그렇게 말하고는 무사시 앞에 앉았다. 그는 가와고에의 성주인 사카이 다다카쓰酒井忠勝였다. 하지만 그도 여기서는 에도 성의 신하에 지나지 않았기 때문에 시종 한 명만 거느리고 있을 뿐 격식에 크게 얽매이지 않은 듯했다.

"부름을 받고 이렇게……."

---

3 에도시대 때 막부 장군에 직속되어 정무를 총괄하고 다이묘를 감독하던 관직.

다다카쓰는 격식을 차리지 않았지만 무사시는 연장자로서 예의를 차리며 엎드려 절을 하며 말했다.

"사쿠슈의 낭인, 신멘 씨의 일족이자 미야모토 무니사이의 아들인 무사시가 하명을 받들어 이렇듯 찾아뵈었습니다."

다다카쓰는 후덕하게 잡힌 두 겹의 턱을 몇 차례 작게 끄덕이며 인사를 받았다.

"수고하였소."

그러더니 다소 미안해하는 듯한 표정으로 무사시에게 말했다.

"일전에 다쿠안 스님과 아와노가미 님이 천거하셨던 그대의 일은…… 간밤에 어떠한 연고에서인지 갑자기 보류하게 되었소이다. 우리들로서도 좀처럼 납득이 가지 않는데, 실은 바로 조금 전까지 어전에서 재평의再評議가 있었소. 그리고 안타깝게도 이번에는 연이 없게 되고 말았소이다."

다다카쓰는 뭐라 위로할지 모르겠다는 듯 다시 말을 이었다.

"세상의 평판이란 변하기 마련이니 앞날에 대하여 너무 상심하지 마시오. 사람의 일이란 눈앞의 일만으로 무엇이 다행이고 불행인지 알 수 없으니 말이오."

무사시는 엎드린 채 대답했다.

"예……."

무사시는 다다카쓰의 말을 듣고 오히려 다행이라 여기며 동시에 감격하고 있었다. 자신의 부족함을 반성하기는 했지만 무사시 역시 인간이었다. 만일 아무 일 없이 임명이 되었더라면 무사시는 이대로 막부의 신하가 되어 많은 녹봉을 받고 안주하며 검의 길을 접게 될지도 몰랐다.

"무슨 말씀이신지 잘 알겠습니다. 감사할 따름입니다."

부끄러운 마음은 전혀 없었고 빈정거리는 말도 아니었다. 이때 무사시는 가슴속에서 일개 사범이라는 직책보다 더 큰 소임이 있다는 신의 말을 들은 듯했다. 다다카쓰는 무사시의 그런 태도를 갸륵하게 여기듯 물끄러미 바라보며 말했다.

"여담이지만 듣기로 그대는 무인답지 않게 풍아한 취미도 있다고 하던데, 어찌 장군 가에 봉공하려는 것이오? 속인들의 중상이나 험담에는 답할 필요도 없지만 이번 기회에 세상의 비방이나 칭찬을 초월한 자신의 마음과 지조를 무언의 예술로 남기는 것도 좋을 듯하오."

"……."

무사시가 그의 말을 마음속으로 헤아리고 있는 동안 다다카쓰는 자리에서 일어섰다.

"그럼 후일 다시……."

다다카쓰는 말하는 중에 '세상의 평판이나 속인들의 중상과 험담'이라는 말을 몇 번이나 의미심장하게 되풀이하였다. 무사시는 그에 대해 굳이 답할 필요는 없지만 결백한 무사의 마음과 지조는 표하고 가라는 뜻으로 받아들였다.

'그래, 내 체면은 상관이 없지만 나를 천거한 분들의 체면까지 더럽

혀서는 안 될 것이다.'

무사시는 넓은 방 한쪽 구석에 있는 순백의 육첩 병풍을 바라보았다. 이윽고 무사시는 다다카쓰가 말한 대로 무언가를 남기고 가자고 마음먹고, 젊은 무사를 불러 먹과 붉은 물감, 소량의 푸른 물감을 빌리고 싶다고 청했다.

어릴 때는 누구나 그림을 그린다. 그림을 그리는 것은 노래를 부르는 것과 같다. 그런데 어른이 되면 그림을 잘 그리지 않게 된다. 어설픈 지혜와 눈이 방해하기 때문이다. 무사시도 어렸을 때는 곧잘 그림을 그렸다. 외로웠던 그는 특히 그림을 좋아했지만 열두세 살부터 스무 살이 지나는 동안 그림을 까맣게 잊어버리고 있었다. 그 뒤 여러 나라에서 수행하면서 잠자던 사원이나 혹은 귀인의 저택에서 가끔 벽에 걸린 족자나 벽화를 대할 기회가 많아졌고, 그림을 그리지는 않아도 다시 흥미를 갖게 되었다. 언젠가 혼아미 고에쓰의 집에서 본 양해가 그린 '다람쥐와 땅에 떨어진 밤' 그림을 보고 그 소박함이 지닌 왕자의 기품과 먹의 깊이를 잊지 못하던 때도 있었다.

무사시가 다시 그림에 눈을 뜨기 시작한 것은 아마 그 무렵부터였을 것이다. 북송北宋과 남송南宋의 뛰어난 그림들, 또 히가시東 산 근처의 명인들이 그린 그림. 그리고 현대화로서 그려지던 산라구山樂가나 유쇼友松나 가노狩野가의 작품들을 기회가 있을 때마다 보았다. 그 그림들 중에는 무사시가 좋아하고 싫어하는 것이 있었다. 양해의 호방한 필치는 그의 눈에도 거장의 힘을 느끼게 했고, 본래 무인이었던 가이호

유쇼海北友末는 만년의 절조와 그림 자체를 스승으로 삼기에 족하다고 생각했다. 또 교토 외곽의 폭포가 있는 절에 은둔하고 있다는 쇼가도 쇼조松花堂昭承의 담백하고 즉흥적인 그림에도 마음이 끌렸다. 무사시는 쇼가도 쇼조가 다쿠안과 막역지우라는 말을 듣게 되자 그의 그림을 흠모하는 마음이 한층 더 깊어졌다. 하지만 자신이 가고자 하는 길은, 비록 같은 하늘의 같은 달을 보고 걷는다 해도, 그들과는 전혀 다른 세상이라는 생각이 들 때도 있었다.

그래서 무사시는 때로 다른 사람에게는 보이지 않고 혼자 몰래 그림을 그리기도 했다. 하지만 어느덧 그는 그림을 그릴 수 없는 어른이 되어 있었다. 이성은 살아 있지만 감성이 죽어 있었다. 그저 잘 그리려고만 할 뿐 본연의 진실한 모습을 그릴 수가 없었다. 무사시는 그림을 그리는 것을 그만두었지만 문득 어떤 감흥이 생기면 남몰래 다시 그림을 그려 보곤 했다. 양해를 모방하고 유쇼의 흉내를 내고 때로는 쇼가도의 화풍을 따라하곤 했다. 조각은 두세 명에게 보여 준 적이 있지만 그림은 다른 사람에게 한 번도 보여 주지 않았다.

"좋다!"

무사시는 단숨에 육첩 병풍에 그림을 그렸다. 시합이 끝난 뒤 한숨을 몰아쉬듯 가슴을 펴고 조용히 붓을 씻은 무사시는 자신이 그린 그림을 쳐다보지도 않고 넓은 대기실을 서둘러 나갔다. 장엄한 성문 밖으로 나온 그는 뒤를 돌아다보았다.

'들어가는 것이 영달의 문인가, 나오는 것이 영광의 문인가?'

다다카쓰가 돌아왔을 때는 넓은 방 안에 아무도 없었고 아직 끝이 젖어 있는 붓과 병풍만 남겨져 있었다. 병풍의 일면에는 무사시가 그린 무사시노 그림이 있었다. 자신의 단심丹心을 드러내듯 커다란 해가 붉은색으로 칠해져 있었고 가을 들판은 모두 검은 먹색이었다. 한동안 그림 앞에서 팔짱을 끼고 묵묵히 앉아 있던 다다카쓰가 탄식하듯 중얼거렸다.

　"아아, 들판에 호랑이를 놓아주었구나!"

천음

            다쓰노구치의 성문 밖으로 나온 무사시는 무슨 생각에서인지 우시고메의 호조가로 돌아가지 않고 무사시노의 초암으로 갔다. 그곳을 지키고 있던 곤노스케가 황급히 마중을 나왔다.

"어서 오십시오."

여느 때와 달리 빳빳하게 풀을 먹인 예복과 아름다운 나전 안장까지, 곤노스케는 등성했던 일이 잘 풀렸다고 지레짐작을 하고 성급히 축하의 말을 건넸다.

"축하드립니다. 그럼 내일부터라도 출사를 하시는 건지요?"

자리에 앉은 무사시에게 곤노스케가 손을 바닥에 짚으며 기쁜 듯 그렇게 묻자 무사시가 웃으며 말했다.

"아니, 취소되었소."

"예?"

"기뻐하시오. 오늘 갑자기 취소되었다고 하오."

"이상한 일이군요. 대체 무슨 연유입니까?"

"연유는 알아 무엇하겠소. 오히려 고마운 일인걸."

"하지만……."

"그대까지 내 영달이 에도 성에만 있다고 생각하오?"

"……."

"나도 한때 야심을 품은 적이 있소. 허나 내 야망은 지위나 녹봉에 있지 아니하오. 우습게 들릴지 모르지만 검과 인류, 검과 불도, 검과 예술처럼 모든 것을 한 길로 생각한다면 검의 진수는 정치의 정신과도 합치할 것이오. 나는 그렇게 믿소. 그것을 이루고 싶어서 막부의 신하가 되려고 생각했던 것이오."

"누가 참소했는지 모르지만 안타깝습니다."

"그런 소리 마시오. 한때 그런 생각을 품었던 것은 분명하나 그 이후로, 특히 오늘 똑똑히 깨달았소. 내 생각은 꿈에 불과하단 것을."

"아닙니다, 그렇지 않습니다. 올바른 정치는 고귀한 검의 길과 그 정신이 일치한다고 생각합니다."

"맞는 말이지만 그건 이론에 불과하지 실제가 아니오. 학자의 진리가 세속의 진리와 반드시 같지는 않소."

"그러면 우리가 추구하려는 진리는 현실 세상에는 아무 도움도 되지 않는다는 것입니까?"

"아니오!"

무사시는 화를 내듯 말했다.

"이 나라가 존재하는 한 세상이 어떻게 변하든 검의 길에 뜻을 둔 사내대장부의 정신이 꺾일 리가 있겠소."

"흐음."

"허나 깊이 생각해 보면 정치의 길에는 무武만이 근본이 아니오. 문무文武의 두 길을 겸비한 정치야말로 무결한 정치이자 세상을 이롭게 하는 대도大道일 것이오. 하여 아직 어리숙하기만 한 나의 꿈은 한낱 꿈에 지나지 않으니 나 자신이 문무를 한층 더 수련해야 하오. 세상을 돌보기 전에 세상으로부터 더 많이 배워야 함을……."

무사시는 이렇게 말한 뒤 자조의 웃음을 지어 보였다.

"그렇지. 곤노스케, 벼루 없소? 없으면 전통이라도 빌려 주시오."

무사시는 편지를 써서 곤노스케에게 건네며 말했다.

"곤노스케, 수고스럽지만 이 편지를 전해 주었으면 하오."

"호조 님 댁에 말씀입니까?"

"그렇소. 자세한 경위는 서신에 적혀 있으니, 다쿠안 스님과 아와노가미 님께도 잘 말씀드려 주시오."

무사시는 그렇게 말하고는 서신과 함께 곤노스케에게 무언가를 내밀었다.

"그리고 이건 이오리가 내게 맡긴 물건인데 간 김에 이오리에게 돌려주었으면 하오."

그것은 낡은 주머니로 예전에 이오리가 무사시에게 맡긴 아버지의 유품이었다.

"무사시 님!"

곤노스케는 의아한 표정으로 무릎을 당겨 앉으며 물었다.

"무슨 연유로 새삼 이오리가 맡긴 물건까지 돌려주시는 겁니까?"

"나는 한동안 다시 산속으로 들어가려 하오."

"산이건 마을이건 제자로서 이오리와 저는 함께할 생각입니다."

"그리 오래 걸리지 않을 것이오. 한 삼 년 동안 그대가 이오리를 돌봐 주길 바라오."

"그럼 모든 걸 접고 은둔하실 생각이십니까?"

"하하하."

무사시는 웃으면서 다리를 펴고 손을 뒤로 짚었다.

"이리 젊은 나이에 내가 어찌…… 앞서 말한 대망도 있고, 이런저런 욕심이나 방황도 이제부터가 아니겠소. 이런 노래가 있소."

깊은 산속을 찾아왔건만

어찌 이토록

사람들 마을에 가까워졌던가

곤노스케는 무사시가 흥얼거리는 것을 머리를 숙인 채 듣고 있다가 부탁받은 두 물건을 품속에 넣으며 말했다.

"날이 어두워지니 서둘러 다녀오겠습니다."

"빌린 말도 마구간에 돌려주시오. 의복은 내가 더럽힌 것이어서 이대로 받겠다는 말도 함께⋯⋯."

"예."

"본래 오늘 다쓰노구치에서 바로 아와노가미 님 댁으로 갔어야 했지만 이번 일을 취소하라는 명이 내려지고 장군 가에서 나에 대해 탐탁치 않게 여기고 있는 것이 분명하고, 장군 가를 섬기는 아와노가미 님에게 더 이상 누를 끼치는 것은 좋지 않을 듯싶어 일부러 이리 왔다고, 서신에 적지 않았으니 그대가 직접 잘 말씀드려 주시오."

"알겠습니다. 저도 오늘 밤 안으로 돌아오겠습니다."

들판 너머로 붉은 해가 지고 있었다. 곤노스케는 말고삐를 잡고 길을 재촉했다. 스승을 위해 빌려 준 안장이어서 곤노스케는 말을 타지 않았다. 아무도 보고 있지 않았고 아무도 타고 있지 않았지만 말을 끌고 걸어갔다. 성 아래에 다다랐을 때는 팔각(八刻) 무렵이었는데 호조가에서는 무사시가 왜 아직 돌아오지 않는지 걱정을 하고 있던 터라 곤노스케를 바로 안으로 맞아들였다. 곤노스케에게서 서신을 받은 다쿠안은 그 자리에서 뜯어보았다.

곤노스케가 이곳에 오기 전에 한 자리에 모여 있던 사람들은 무사시의 임관이 취소되었다는 사실을 이미 전해 들어 알고 있었다. 그 소식을 전한 막부의 대신은 갑자기 무사시의 등용이 중지된 원인이 몇몇 각로와 봉행소 쪽에서 무사시의 태생과 행동에 대해 여러 가지 좋지 않은 자료들을 장군 가에 올렸기 때문이라고 했다.

미야모토 무사시 9_무無의 장

무엇보다 결정적인 이유는 무사시에게 적이 너무 많다는 풍문 때문이라고 했다. 게다가 무사시의 잘못으로 오랜 세월 그에게 원수를 갚기 위해 노리고 있는 사람이 예순 살이 넘은 노파라는 얘기를 듣자 중신들은 노파를 동정하게 되었고 그것을 기회로 반대 의견이 압도하게 되었다는 것이었다.

  호조 신조가 부친인 아와노가미의 부재중에 혼이덴가의 오스기가 찾아와서 무사시에 대해 험담을 늘어놓고 갔던 일을 이야기하자 아와노가미와 다쿠안은 그제야 왜 그런 오해가 생겼는지 그 원인을 알게 되었다. 그런데 이해할 수 없는 것은 그런 노파가 떠들어 대는 말을 그대로 믿는 세상 사람들이었다. 그것도 주막이나 우물가에 모인 사람들이라면 모르지만 분별이 있는 사람들이, 더욱이 위정자라고 하는 자들이 그런 말을 믿는다는 것에 대해 어처구니없어 하고 있었다. 그런 와중에 무사시의 서신을 가지고 곤노스케가 오자 혹시 그에 대한 불평의 글이 아닌가 하고 펼쳐 보았다.

  자세한 이야기는 곤노스케에게 들으시길 바라며, 이런 노래가 있습니다. '깊은 산속을 찾아왔건만, 어찌 이토록 사람들 마을에 가까워졌던가.' 근래 재미있는 듯하여 외워 부르는 노래입니다. 그리고 지병과도 같은 방랑벽이 도진 듯하여 다시 길을 나설까 합니다. 아래의 한 수는 다시 길을 나섬에 즉흥적으로 떠오른 것이니 웃으며 들어주시길 바랍니다. '천지를 정원으로 여기며 바라볼 때면, 나는 세상이라는 집의

문과 같구나.'

곤노스케가 입을 열었다.

"다쓰노구치에서 일단 이곳으로 돌아와 자세한 말씀을 올리는 것이 순서인 줄 알지만, 이미 막부의 중신들이 곱지 않은 눈으로 보는 몸이라 함부로 이곳에 드나드는 일이 좋지 않을 듯하여 일부러 초암으로 돌아왔다고 스승인 무사시 님이 전해 달라 하셨습니다."

그 말을 들은 신조와 아와노가미가 아쉬운 마음에 급히 자리에서 일어서며 말했다.

"심려하지 않아도 될 것을…… 이대로는 보낼 수 없으나 불러도 오지 않을 듯하군. 다쿠안 스님, 당장 말을 타고 무사시노로 찾아가도록 합시다."

"저, 잠깐만 기다려 주십시오. 제가 모시고 가겠습니다. 하지만 그 전에 스승님께서 이오리에게 돌려주라고 하신 물건이 있는데 송구하지만 이오리를 여기로 불러 주셨으면 합니다."

곤노스케는 무사시가 건넨 낡은 가죽 주머니를 품속에서 꺼내 바닥에 놓았다. 잠시 후, 이오리가 들어왔다.

"무슨 일이신지요?"

이오리의 시선이 바닥에 놓여 있는 자신의 가죽 주머니를 향했다.

"스승님께서 이것을 네게 돌려주시며 부친의 유품이니 소중히 간직하라고 말씀하셨다."

곤노스케는 그렇게 말한 후, 무사시는 잠시 자신들과 헤어져 수행을 떠날 것이니 오늘부터 당분간 자신과 함께 지내게 될 거라는 말도 덧붙였다. 이오리는 납득이 가지 않는다는 표정을 지었다. 그러나 다쿠안과 아와노가미도 있는 자리라 마지못해 대답했다.

"예."

다쿠안은 그 가죽 주머니가 부친의 유품이라는 말을 듣고 이오리의 내력에 대해 이것저것 물었다. 이오리의 선조는 모가미最上가의 가신으로 대대로 미사와 이오리라고 불리는 가문이라고 했다. 또 몇 대전, 주군의 가문이 몰락하고 일족은 전란 중에 뿔뿔이 흩어진 후 여러 나라를 떠돌아다니다 부친인 미쓰에몬三右衛門 대에 이르러 겨우 시모우사의 호덴가하라에 밭을 갖게 되었고 농부가 되어 정착하게 되었다고 했다.

"다만 제게 누님이 있다고 들었는데 아버님도 자세한 건 말씀해 주시지 않았습니다. 어머니도 일찍 돌아가셨기 때문에 누님이 어디에 있는지, 살아 있는지 죽었는지도 알 수 없습니다."

다쿠안은 이오리의 이야기를 들으면서 깊은 사연이 있는 듯한 가죽 주머니를 무릎 위에 놓고 주머니에 든 해진 문서와 부적 주머니를 자세히 살펴보았다. 그러다 갑자기 놀란 듯 눈을 크게 뜨고 종이에 적힌 글자와 이오리의 얼굴을 뚫어지게 바라보았다.

"이오리, 네 누이에 대해 여기 문서에 아버지가 뭐라고 쓰신 듯하구나."

"그렇긴 하지만 무슨 말인지 저도 모르겠고 덕원사의 주지스님도 모르겠다고 하셨습니다."

"나는 알 듯하구나. 아니, 분명 알겠다."

다쿠안은 그 종잇조각을 사람들에게 펼쳐 보이며 수십 행의 문장에서 앞쪽은 생략한 채 중간부터 읽어 내려갔다.

굶주려 쓰러질지언정 두 군주를 섬길 마음이 없어 부부가 떠돌아다닌 지 벌써 여러 해. 천한 일을 업으로 삼으며 다니던 중, 주고쿠中國의 어느 절에 딸자식을 대대로 내려오는 천음天音 한 자루와 함께 배내옷에 싸서 처마 밑에 버리고 딸아이의 앞날을 기원하며 다른 나라를 방랑하였다. 그 후, 이곳 시모우사 들에 초가집과 밭을 얻게 되었고, 세월이 지나 산과 강을 사이에 두고 멀리 떨어진 딸아이와 소식이 끊긴 지금, 오히려 자식의 행복이 무엇인지를 생각하면 이대로 흘러가는 세월이 야속하기만 하구나.

부모 됨의 한스러움을 가마구라노 우다이진鎌倉右大臣[4]은 이 노래로 읊었던가. '말 못하는 천지의 동물조차 자식을 그리는 부모 마음을 슬퍼하는구나.'

"이오리, 네 누이를 만날 수 있을 것이다. 나는 물론이고 무사시도

---

4 가마쿠라 막부의 3대 장군으로 본명은 미나모토노 사네토모源実朝이다. 우대신右大臣의 지위에 오른 후 28살의 나이로 암살당했다.

네 누이를 어릴 때부터 잘 알고 있다. 자, 너도 가자."

　다쿠안은 그렇게 말하며 서둘러 자리에서 일어섰다. 하지만 그날 밤, 무사시노의 초암으로 달려간 그들은 끝내 무사시를 만나지 못했다. 밤이 새기 시작한 들판 끝에 한 조각 하얀 구름만 떠 있었다.

춘고조

야규柳生의 성이 있는 야규 골짜기는 휘파람새로 유명했다. 무사들 대기실의 하얀 벽에 이월의 따스한 햇살을 받은 매화가지 그림자 하나가 한 폭의 그림처럼 드리워져 있었다. 남쪽을 향해 꽃망울을 터뜨린 매화꽃과는 달리 아직 두견새 울음소리는 드물기만 한 무렵, 산과 들판의 눈이 녹으면서 무사 수행자라고 자처하는 자가 눈에 띄게 늘어났다. 그들은 세키슈사이에게 한 수 가르침을 받고 싶다거나 자신은 어느 유파의 누구라며 언덕의 돌담으로 둘러싸인 문을 하루가 멀다 하고 두드렸다.

"아무리 높으신 분이 오시더라도 세키슈사이 님은 연로하셔서 일절 만나시지 않습니다."

야규의 번사들이 십 년 전과 변함없는 말로 그렇게 사절하면 어떤 이들은 예도藝道에 있어서의 빈부나 귀천의 차별을 운운하며 화를 내며 돌아가곤 했다. 그러나 세키슈사이는 이미 작년에 세상을 떠나 더이상 이 세상 사람이 아니었다.

에도에 있는 장자인 다지마노가미 무네노리但馬守宗矩가 사월 중순까지 공무로 인해 고향으로 돌아올 수 없었기 때문에 아직 세키슈사이의 죽음을 비밀에 부치고 있었던 것이다. 그래서인지 천지에 봄이 찾아오고 있음에도 불구하고 요시노조吉野朝 시절 이전부터 있는 오래된 야규 성은 을씨년스러운 적막에 휩싸여 있었다.

"오츠 님."

안쪽 정원에서 한 동자가 건물 안을 기웃거렸다.

"오츠 님, 어디 계세요?"

그러자 방의 장지문이 열리고 방 안에 가득 찼던 향의 연기와 함께 오츠가 밖으로 나왔다. 오츠는 백 일이 지났는데도 아직 해를 보지 않아서인지 배꽃같이 하얀 얼굴에 수심이 깃들어 있었다.

"지불당持佛堂입니다."

"또 그곳에 계셨습니까?"

"무슨 일이신지요?"

"효고 님이 잠깐 뵙기를 바라십니다."

"예."

오츠는 툇마루를 따라 다리를 지나 멀리 떨어져 있는 효고의 방으로 갔다. 효고는 툇마루에 걸터앉아 있었다.

"오츠 님, 잘 오셨소. 내 대신 인사를 나가 주었으면 해서 말이오."

"객실에 손님이 찾아오셨는지요?"

"아까부터 기무라 스케구로가 응대를 하고 있는데 아무래도 나는 말주변도 없고 게다가 스님과 병법을 논하기도 뭐해서 말이오."

"그럼 보장원寶藏院 스님이 오신 것인지요?"

나라奈良의 보장원과 야규가와는 지리적으로도 멀지 않을뿐더러 창법과 검법에서도 매우 인연이 깊었다. 작고한 세키슈사이와 보장원의 인에이胤榮는 생전에 절친한 사이였다.

세키슈사이가 장년 시절, 오도悟道의 눈을 뜨게 해 준 은인이 가미이즈미 이세노가미上泉伊勢守였다면 그런 이세노가미를 처음으로 야규 장원에 데리고 와서 소개해 준 사람이 인에이였다. 하지만 그 인에이도 지금은 고인이 되었고 인슌이 스승의 뒤를 이어 무도를 중시하는 시대의 조류를 타고 보장원을 창술의 본산으로 만들었던 것이다.

"효고 님이 보이시지 않는데, 인슌이 왔다고 전해 주셨소이까?"

오늘도 서원書院의 객좌에 두 명의 제자를 거느리고 아까부터 이야기를 하고 있는 사람은 바로 보장원의 이대 당주 인슌이었고, 그를 응대하고 있는 사람은 야규의 수제자 중 한 명인 기무라 스케구로였다.

인슌은 고인과의 관계도 있고 해서 야규가를 자주 찾았는데 그것은 기일이나 제사 문제 때문이 아니라 아무래도 효고를 붙잡고 앉아 병법을 논하려는 목적 때문인 듯했다. 고인인 세키슈사이는 효고를 두고 '숙부인 다지마노가미도 미치지 못하고 조부인 자신보다도 뛰어난 인물'이라며 눈에 넣어도 아프지 않을 만큼 아꼈다. 게다가 그가 가미이즈미 이세노가미로부터 직접 받은 세 권의 신카게류^{新陰流} 비전과 한 권의 그림 목록을 생전에 효고에게 물려줬다는 이야기도 있었다. 때문에 인슌은 야규 효고와 시합을 하고 싶은 마음도 있는 듯했다. 그것을 눈치챘는지 효고는 인슌이 찾아올 때마다 감기에 걸렸다거나 불가피한 일이 있다며 피했었다.

오늘도 인슌은 좀처럼 돌아갈 기색도 없이 효고가 나타나기를 은근히 기대하고 있는 듯했다. 스케구로도 그런 인슌의 마음을 헤아리고 있었다.

"조금 전에 전해 드렸으니 별일 없으시면 인사를 하러 오실 것이지만……."

"아직 감기가 낫지 않으신 건가?"

인슌이 물었다.

"아무래도……."

"평소에 몸이 허약하신가?"

"본래 건강하십니다만 오랫동안 에도에 계신 탓에 근래에 산간에서 겨울을 나신 적이 없으셔서 그런 것 같습니다."

"건강이라는 말이 나왔으니 하는 말이네만, 효고 님이 히고^{肥後}의 가토 기요마사^{加藤清正} 공의 눈에 들어 많은 녹으로 부름을 받았을 때, 고인이신 세키슈사이 님이 손자를 위해 재미있는 조건을 붙이셨다고 들었소이다."

"처음 듣는 이야기입니다만?"

"나도 선사이신 인에이 님께 들은 이야기인데, 세키슈사이 님이 기요마사 님께 '손자가 생각이 짧으니 혹시 죽을죄를 범하더라도 세 번까지 면하게 해 주신다면 보내 드리겠다'고 하셨다 하오. 하하하, 효고 님이 그리 생각이 짧으신데도 세키슈사이 님은 꽤나 귀여워하신 듯하구려."

그때, 오츠가 인슌을 맞으러 나타났다.

"스님 오셨습니까? 공교롭게도 효고 님께서는 에도 성에 보낼 목록을 작성하시는 중이십니다. 해서 예가 아닌 줄 알지만 스님을 뵐 수 없으실 듯합니다."

말을 마친 오츠는 옆방에 마련해 놓은 과자와 차를 내놓으며 인슌과 함께 앉아 있는 제자들에게도 권했다.

"변변치 않습니다만……."

인슌은 낙담한 표정을 지으며 말했다.

"이거 유감이로군. 실은 직접 뵙고 여쭐 중요한 일이 있는데……."

"무슨 일인지 제게 말씀하셔도 되는 일이면 전하도록 하겠습니다."

기무라 스케구로가 옆에서 말했다.

"하는 수 없군. 그럼 그대가 말씀을 전해 주시게."

인슌은 드디어 본론을 이야기했는데 효고에게 하고 싶다는 이야기란 다음과 같았다. 이곳 야규 장원에서 동쪽으로 일 리쯤 떨어진 매화나무가 많은 쓰키가세月ヶ瀬 주변은 이가우에노伊賀上野 성과 야규가의 영지를 구분하는 경계인데, 그 부근은 산사태가 자주 일어나고 사방

으로 계류溪流가 흐르고 있어 부락도 드물었고 국경도 명확하지 않았다. 그런데 이가우에노 성은 원래 쓰쓰이 누도사다쓰구筒井人道定次의 소유였던 것을 도쿠가와 이에야스가 몰수해서 도도 다카도라藤堂高虎에게 주었고, 도도 번이 작년에 그곳에 들어와서 우에노 성을 개축하고 해마다 내는 공물을 개조하고 치수와 국경을 충실히 하여 선정을 펴고 있다고 했다. 도도 번은 그 여세를 몰아 근래에 쓰키가세 근방에 많은 무사들을 보내 마음대로 움막을 짓거나 매화 숲에서 벌채를 일삼고, 행인들을 통제하면서 야규가의 영지를 침해하고 있다는 소문이 끊이질 않는다는 것이었다.

"생각건대 야규가가 상중이라는 걸 틈타 도도가가 일부러 국경을 넓혀 나중에는 자신들 마음대로 아무 곳에나 관문의 울타리를 세울 심사인 듯하오. 노파심일지 모르겠지만 지금이라도 항의하지 않으면 후일 후회막급한 일이 생길까 걱정이 되오."

스케구로는 인슌의 이야기에 가신의 한 사람으로 깊은 감사의 뜻을 표했다.

"이렇듯 중요한 소식을 알려 주셔서 감사합니다. 속히 알아보고 항의하도록 하겠습니다."

인슌이 돌아가자 스케구로는 서둘러 효고의 방으로 가서 보고를 했지만 그는 일소에 부치면서 말했다.

"그냥 내버려 두게. 얼마 후 숙부님이 오시면 해결하실 거네."

하지만 국경에 관한 문제에서 한 치의 땅이라도 소홀하게 다룰 수 없는 문제였다. 그래서 스케구로는 어떻게 할 것인지 다른 노신이나 나머지 수제자들과 상의해서 대책을 강구해야겠다고 생각했다. 더구나 상대가 도도라는 큰 번이었던 만큼 더욱 신중을 기해 처리해야 할 필요가 있었다.

다음 날 아침, 스케구로가 평소와 다름없이 신음당_{新陰堂} 위의 도장에서 젊은 무사들을 훈련시키고 나오는데 산에서 숯을 만드는 아이가 따라오더니 인사를 하며 불렀다.

"아저씨."

쓰키가세에서 안쪽으로 깊이 들어간 핫토리고_{服部鄕}의 아라키_{荒木} 촌이라는 벽지에서 숯이나 멧돼지 고기를 어른들과 함께 성 안으로 짊어지고 오는 우시노스케_{丑之助}라는 열서너 살 된 산골 아이였다.

"우시노스케구나. 또 도장을 들여다보고 있었느냐? 오늘은 참마를 가지고 오지 않았느냐?"

그가 가지고 오는 참마는 이 부근의 참마보다 맛이 있어서 스케구로가 농담조로 말했다.

"오늘은 참마는 가지고 오지 않았지만 이걸 오츠 님께 드리려고 가지고 왔어요."

우시노스케는 손에 들고 있던 볏짚 꾸러미를 들어 보였다.

"머위 줄기?"

"아니에요. 살아 있는 거예요."

"살아 있는 거?"

"제가 쓰키가세를 지날 때마다 예쁜 소리로 우는 휘파람새가 있어서 눈여겨보아 두었다가 잡은 거예요. 오츠 님께 드리려고요."

"그럼, 넌 항상 아라키 마을에서 이곳에 올 때 쓰키가세를 넘어오는가 보구나?"

"예, 쓰키가세 외에 다른 길은 없는걸요."

"그럼 그 근방에 요즈음 무사들이 많이 들어왔느냐?"

"그렇게 많진 않지만 있긴 있어요."

"무엇을 하고 있든?"

"움막을 짓고 그 속에서 살아요."

"울타리 같은 걸 짓고 있지는 않더냐?"

"아니요."

"매화나무를 베거나 지나가는 사람을 조사하지는 않느냐?"

"나무를 벤 건 움막을 짓거나 눈이 녹으면서 떠내려간 다리를 놓거나 땔감으로 쓰기 위해서였을걸요. 지나가는 사람들을 조사하는 건 본 적이 없는데요."

"흐음……."

인순의 이야기와 다르자 스케구로는 고개를 갸우뚱거렸다.

"그 무사들은 도도 번 사람들이라고 하는데, 그럼 무엇 때문에 그런 곳에서 머무르고 있는지 아라키 마을에서 들은 소문은 없느냐?"

"아저씨, 그렇지 않아요."

"뭐가 그렇지 않단 말이냐?"

"쓰키가세에 있는 무사들은 나라에서 쫓겨난 낭인들뿐이에요. 우지宇治나 나라에서 쫓겨나서 살 곳이 없으니 산속에 들어온 거예요."

"낭인이라고?"

"예"

스케구로는 그제야 이해가 됐다. 도쿠가와가의 오쿠보 나가야스大久保長安가 나라 봉행으로 부임하고 나서 세키가하라 전투 이후 아직 봉공도 하지 못하고 다른 관직도 얻지 못해 골머리를 썩고 있던 떠돌이 무사들을 각지에서 쫓아낸 일이 있었다.

"아저씨, 오츠 님은 어디 계세요? 오츠 님께 이걸 드리고 싶은데요."

"안에 계실 게다. 한데 우시노스케, 성 안을 함부로 뛰어다니면 안 된다. 넌 농부의 아이답지 않게 무예를 좋아하니 밖에서 도장을 엿보는 일만큼은 특별히 용서하지만 말이다."

"그럼 오츠 님을 불러 주실 수 없나요?"

"마침 저기 마당에서 저편으로 가는 분이 오츠 님 같구나."

"아, 오츠 님이다."

우시노스케는 달려갔다. 오츠는 늘 과자를 주기도 하고 다정하게 말을 걸어 주는 사람이었다. 게다가 산골 소년의 눈에는 이 세상 사람이라고 여겨지지 않을 만큼 신비한 아름다움마저 느끼게 했다. 그녀가 뒤를 돌아다보며 멀리서 생긋 웃었다. 우시노스케는 달려가서 꾸러미를 내밀어 보였다.

"휘파람새를 잡아 왔는데, 이거 오츠 님께 드릴게요. 여기요."

"뭐? 휘파람새?"

분명 아주 기뻐하리라고 여겼는데 뜻밖에 오츠가 눈살을 찌푸린 채 손을 내밀지 않자 우시노스케도 마뜩찮은 표정을 지었다.

"아주 예쁘게 우는 놈이에요. 오츠 님은 새 기르는 걸 싫어해요?"

"싫은 건 아니지만 볏짚 꾸러미에 넣거나 새장에 넣으면 가엾은걸. 새장에 넣어서 기르지 않더라도 넓은 세상에 놓아두면 예쁜 소리를 언제든지 들을 수 있는걸."

오츠가 이렇게 설명하자 자신의 호의를 받아 주지 않아서 불만이었던 우시노스케의 오해도 풀렸다.

"그럼 놓아줄까요?"

"고맙구나."

"오츠 님은 놓아주는 편이 기쁘죠?"

"응. 네 마음은 고맙게 받을게."

"그럼 풀어 줘야지."

우시노스케가 그렇게 말하고 볏짚 꾸러미를 찢자 안에서 휘파람새 한 마리가 튀어나와 쏜살같이 성 밖으로 날아갔다.

"그것 봐, 저렇게 좋아하며 날아가지 않니."

"휘파람새를 춘고조春告鳥라고도 한대요."

"어머, 그건 누구한테 배웠니?"

"그 정돈 나도 알고 있어요."

"후후, 미안."

"그러니까 틀림없이 오츠 님께 뭔가 좋은 소식이 있을 거예요."

"어머, 나한데 봄소식을 전할 좋은 소식이 있다는 거니? 사실 기다리는 일이 있지만……."

오츠가 본성 안쪽의 수풀 속으로 발길을 옮기자 우시노스케도 따라서 걸으며 물었다.

"오츠 님, 어디 가세요? 여긴 성의 산이에요."

"너무 방에만 있어서 기분 전환도 할 겸 매화를 보러 나온 거란다."

"그럼 쓰키가세로 가면 되잖아요. 성 안에 핀 매화는 너무 시시해요."

"너무 멀어서."

"일 리 정도밖에 되지 않아요."

"가 보고 싶긴 하지만……."

"가요. 제가 장작을 신고 끌고 온 소가 이 밑에 있으니까요."

"소를 타고?"

"예. 제가 끌고 갈게요."

문득 오츠의 마음이 동했다. 이번 겨울엔 볏짚 꾸러미 속의 휘파람새처럼 성 밖으로 일절 나가지 않았었다. 본성에서 산을 따라 성의 뒤쪽의 하인들이 드나드는 문 쪽으로 내려갔다. 그곳 성문에서 하루 종일 창을 들고 있는 보초가 오츠의 모습을 보자 멀리서 웃으며 고개를 끄덕였다. 우시노스케는 표찰을 가지고 있었지만 그것을 보여 줄 필요가 없을 만큼 그 역시 보초와 친했다.

"장옷을 입고 왔더라면 좋았을 텐데."

오츠는 소 등에 올라타고서야 그렇게 중얼거렸다.

그녀를 알든 모르든 길가 처마 밑에서 사람들이 그녀를 쳐다보았고 지나가는 농부들은 공손히 인사를 했다. 한동안 소를 타고 가자 성 아래 있는 집들도 드물어졌고 등 뒤의 야규 성이 산자락 아래로 하얗게 보였다.

"아무 말도 하지 않고 나왔는데 어두워지기 전에 돌아갈 수 있겠지?"

"그럼요. 제가 다시 모셔다 드릴게요."

"하지만 넌 아라키 마을로 돌아가야 하잖니?"

"일 리쯤은 몇 번이고 왕복할 수 있어요."

둘이 이야기를 하며 가는 동안, 성 아랫자락에 있는 소금 가게에서 소금과 새끼 멧돼지 고기를 교환하던 낭인 행색의 사내가 뒤를 슬금슬금 따라오고 있었다.

광란

        길은 쓰키가세의 계류를 따라 이어지다 점점 험해졌다. 겨울이 지나 눈이 녹은 후에는 지나가는 행인도 드물었고 이 부근까지 매화꽃을 따러 오는 사람은 거의 없었다.

"우시노스케, 넌 마을에서 성으로 올 때 늘 이곳을 지나오니?"

"예."

"아라키 촌에서는 야규로 나오는 것보다 우에노 성 아래로 나가는 편이 훨씬 더 가깝지 않니?"

"그렇지만 우에노에는 야규 님과 같은 검술 도장이 없는걸요."

"검술을 좋아하는구나?"

"예."

"농부에겐 검술이 필요 없잖니?"

"지금은 농부지만 전에는 아니었어요."

"무사?"

"예."

"너도 무사가 될 생각이니?"

"예."

우시노스케는 쇠고삐를 내던지고 계곡가로 달려 내려가더니 바위 사이에 걸쳐 놓았던 통나무 끝이 계곡물에 빠져 있는 것을 바로 하고 돌아왔다. 그러자 뒤에서 따라오던 낭인 행색의 사내가 먼저 다리를 건너갔다. 사내는 다리 중간과 건너편으로 건넌 뒤에도 오츠를 몇 번이나 빤히 돌아보더니 산속으로 부리나케 달려갔다.

"누구지?"

소름이 끼친 오츠가 소 위에서 그렇게 중얼거리자 우시노스케가 웃으며 말했다.

"저런 자가 무서워요?"

"무섭진 않지만……."

"나라에서 쫓겨난 낭인이에요. 이 앞에 가면 산속에 무리 지어 살고 있어요."

"무리를 지어서?"

오츠는 돌아갈까 망설였다. 매화꽃은 어디서나 볼 수 있었다. 산속의 냉기에 매화꽃을 감상하기보다 마을로 돌아가고 싶다는 마음이 들었다. 하지만 우시노스케에 이끌려 가는 소는 무심히 앞쪽으로 걸어가고 있었다.

광란

"오츠 님, 마당을 쓸거나 물을 긷는 일이라도 좋으니 기무라 님께 부탁해서 성에서 일을 하게 해 주세요."

우시노스케의 평소 소원인 듯했다. 우시노스케는 자신의 조상 이름은 기쿠무라菊村인데 조상 대대로 마타에몬又右衛門이라고 자처했기 때문에 자신도 무사가 된다면 이름을 마타에몬으로 고칠 것이라고 했다. 그리고 기쿠무라라는 이름을 가진 사람 중에서 아직 위대한 조상이 나오지 않아서 자신이 검법으로 가문을 세우면 고향의 이름을 따성姓을 '아라키'로 써서 이름을 '아라키 마타에몬'이라고 고칠 것이라는 포부까지 밝혔다. 오츠는 우시노스케의 포부를 들으면서 헤어진 조타로를 떠올렸다.

'벌써 열아홉이나 스무 살이 되었을 텐데.'

조타로의 나이를 생각하자 문득 그녀는 자신의 나이를 떠올리고 견딜 수 없는 외로움에 휩싸였다.

'여자 나이 스물다섯을 넘기면……'

쓰키가세의 매화는 아직 이른 봄이었지만 자신의 봄은 이미 지나가고 있었다.

"우시노스케, 그만 돌아가자."

우시노스케는 어이없는 표정을 지었지만 시키는 대로 방향을 돌렸다. 그리고 그때, 어디선가 그들을 부르는 소리가 들렸다. 조금 전 낭인과 함께 두 명의 사내가 다가오더니 오츠가 타고 있는 소 옆에 팔짱을 끼고 섰다.

"아저씨들, 무슨 일이죠?"

"과연."

세 명은 우시노스케에게는 눈길도 주지 않고 음흉한 눈초리로 오츠를 바라보며 감탄하듯 말했다.

"흐음, 미인이군."

한 명이 서슴없이 그렇게 말하더니 동료를 돌아다보며 불렀다.

"어이, 이 여자를 어딘가에서 본 것도 같아. 필시 교토에서 본 듯한데……."

"보아하니 산골 여자는 아닌 듯해. 분명 교토가 틀림없을 걸세."

"거리에서 얼핏 보았는지, 요시오카 스승님의 도장에서 보았는지 생각은 나지 않지만 틀림없이 본 적이 있는 여자일세."

"자네, 요시오카 도장에 있었나?"

"응. 세키가하라 전투 후, 삼 년 정도 그곳에서 밥을 먹었지."

무슨 일인지 알 수가 없었다. 그들은 사람을 세워 놓고 잡담을 하며 오츠의 몸과 얼굴을 음흉한 눈길로 훑어보았다. 우시노스케가 화를 내며 말했다.

"돌아갈 길이 바쁘니 볼일이 있으면 빨리 말해요."

낭인 중 한 명이 그제야 우시노스케를 흘낏 쳐다보며 말했다.

"누군가 했더니 아라키 촌에서 숯을 굽는 꼬마구나."

"나한테 볼일이 있는 거예요?"

"시끄럽다. 너한텐 볼일이 없으니 빨리 돌아가거라."

"말하지 않아도 돌아갈 테니 길을 비켜요."

우시노스케가 쇠고삐를 끌려고 하자 한 명이 고삐를 잡더니 무서운 눈초리로 노려보았다.

"이리 내라."

우시노스케는 버텼다.

"왜 이래요?"

"이 여자에게 볼일이 있으니 데려가려는 게다."

"어디로요?"

"어디건 잔말 말고 고삐를 내놓아라."

"안 돼요!"

"안 된다고?"

"그래요."

"이 녀석, 무서운 줄도 모르고 참으로 시끄럽구나."

그러자 다른 두 명도 무서운 눈초리로 노려보며 소리쳤다.

"뭐라고?"

"안 된다고?"

그들은 우시노스케를 둘러싸고 주먹을 들이밀었다. 오츠는 너무 무서워서 소 등에 매달려 있다가 우시노스케의 얼굴 표정에서 심상치 않은 일이 일어날 것 같은 기색을 보고 말리려고 했다. 그러나 우시노스케는 갑자기 한쪽 발로 앞에 있는 사내를 걸어차더니 머리로 다른 한 명의 가슴팍을 들이받은 후에 그자의 칼을 뽑아서 자신의 뒤에 있던 자를 향해 내리쳤다. 오츠는 우시노스케의 행동이 너무 빠르고 무모해서 실성한 게 아닌가 생각이 들 정도였다. 자신보다 훨씬 큰 세 명의 무사를 상대로 우시노스케가 감행한 공격은 그들에게 상당한 타격을 준 듯했다.

우시노스케가 내리친 칼은 바로 뒤에 서 있던 낭인의 몸에 강하게 부딪쳤다. 놀란 오츠가 비명을 질렀지만 오히려 그 낭인의 고함 소리가 오츠를 태운 소를 놀라게 했다. 게다가 쓰러진 낭인의 몸에서 솟구친 피가 안개처럼 소의 얼굴로 흩날렸다. 부상을 당한 낭인의 신음 소리와 함께 소가 울어 댔다. 우시노스케가 칼로 소의 엉덩이를 후려치자 소는 다시 크게 울부짖으며 오츠를 태운 채 미친 듯이 내달리기 시작했다.

"네 이놈."

"꼬마 놈이!"

두 낭인이 우시노스케를 쫓아갔다. 우시노스케는 계류로 뛰어내린 후에 바위를 타고 도망치며 소리쳤다.

"난 잘못한 게 없어."

도저히 우시노스케를 잡을 수 없다는 걸 깨달은 낭인들이 갑자기 오츠가 탄 소를 쫓기 시작했다.

"저놈은 나중에 잡는다."

그것을 본 우시노스케가 다시 그들을 쫓아가며 소리를 쳤다.

"도망치는구나!"

"뭐라?"

약이 오른 낭인이 멈춰 서서 돌아보자 다른 자가 말렸다.

"저놈은 나중이다."

낭인들은 다시 앞에서 달려가는 소를 쫓았다. 소는 눈을 질끈 감고 어둠 속을 내달리더니 시냇가를 따라 난 길에서 벗어나 가사기笠置 가도라고 불리는 야트막한 산으로 난 오솔길을 질풍처럼 내달렸다.

"멈춰라!"

낭인들은 자신들이 분명 소보다 빠르다고 생각했지만 그 예상은 빗나갔다. 소는 눈 깜짝할 사이에 야규 장원 가까이, 아니 야규보다 나라奈良에 가까운 길까지 단숨에 달려갔다.

"……."

오츠는 눈을 질끈 감고 있었다. 만약 소 등에 숯 가마니나 장작을 붙들어 매는 길마5가 없었다면 분명 나동그라졌을 것이다.

"누가 좀 멈춰 주세요."

"소가 미쳐서 달려간다."

"여자가 불쌍하다. 누가 도와줘!"

사람들이 지나다니는 길가를 내달리고 있는 듯 오츠의 귓가에 사람들의 목소리가 들렸다. 하지만 그저 쳐다만 보며 소리를 지르는 사람들의 목소리가 순식간에 뒤쪽으로 지나가 버리고 말았다.

벌써 한냐般若 들판에 가까웠다. 오츠는 완전히 넋이 나간 듯했고 소

---

5 짐을 싣거나 수레를 끌기 위해서 소나 말 따위의 등에 얹는 안장을 가리킨다.

미야모토 무사시 9_무無의 장

는 멈출 줄 몰랐다. 길가의 사람들은 뒤를 돌아다보며 오츠 대신 소리를 지르고 있었다. 그때 저편 네거리에서 가슴에 문서궤를 걸고 있는 한 하인이 소 앞으로 걸어갔다.

"위험하다!"

누군가가 이렇게 주의를 줬지만 하인은 소를 향해 똑바로 걸어갔다. 질풍처럼 달려오는 소의 콧등과 하인의 몸이 무서운 기세로 부딪쳤다.

"악, 쇠뿔에 받혔다!"

"바보 자식!"

주위 사람들이 하인의 무모함을 질책했다. 하지만 쇠뿔에 받혔다고 여긴 것은 길옆에 서 있던 사람들의 착각이었다. 하인이 별안간 소의 옆얼굴을 세차게 후려치자 '짝' 하는 소리가 길가에 울려 퍼졌다. 충격이 너무 셌는지 소는 굵은 목덜미를 옆으로 돌리더니 빙글 반 바퀴 정도 돌다가 갑자기 뿔을 정면으로 세우고 아까보다 더 맹렬한 기세로 다시 달리기 시작했다. 하지만 열 걸음도 가지 못하고 제자리에 우뚝 멈추더니 입에서 침을 질질 흘리며 숨을 헐떡이다가 이내 조용해졌다.

"빨리 내리시오."

하인이 뒤쪽에서 소리쳤다.

이 놀라운 광경에 깜짝 놀란 길가의 사람들이 구름 떼처럼 모여들더니 하인의 발밑을 보고 모두 눈이 휘둥그레졌다. 하인이 발로 쇠고삐를 밟고 있었던 것이다. 무가의 하인 같지도 않았고 상가의 종 같지도 않았다. 주위에 몰려든 사람들이 누군지 궁금해하며 사내가 발로 밟고 있는 고삐를 보고는 혀를 내두르며 감탄했다.

"굉장한 힘이군."

오츠는 소 등에서 내려 하인 앞에 머리를 숙였지만 아직 제정신이 아닌 듯 보였다. 그리고 주위에 몰려든 사람들을 보고 기가 질렸는지 좀처럼 가슴이 진정되지 않는 듯했다.

"이렇게 순한 소가 왜 그렇게 날뛰었는지 모르겠군."

사내는 쇠고삐를 잡아 길가에 있는 나무에 매고는 그제야 납득이 간다는 표정을 지으며 중얼거렸다.

"엉덩이에 칼로 내리친 것 같은 큰 상처가 있군. 그래서 그렇군."

그가 소의 엉덩이를 바라보며 이렇게 중얼거리고 있을 때, 주위의 사람들을 헤치며 한 무사가 앞으로 나왔다.

"아, 자네는 항상 인슌 님의 짚신을 들고 따라다니는 보장원 하인이 아닌가?"

황급히 달려온 무사가 숨을 헐떡이며 그렇게 말했다. 바로 야규 성의 기무라 스케구로였다.

"때마침 잘 오셨습니다."

보장원 하인은 가슴에 메고 있던 가죽 문서함을 벗으며 당주님의 심부름으로 이 서찰을 야규까지 갖다 드리러 가는 중이었는데 괜찮으시면 이곳에서 봐 주지 않겠느냐며 그것을 넘겨주었다.

"내게 말인가?"

스케구로는 확인을 한 뒤 서찰을 펼쳐 보니 어제 만났던 인슌이 보낸 것이었다.

쓰키가세에 있는 무사들에 대해 어제 이야기한 것은 그 후 자세히 알아보니 도도가의 무사가 아니라 부랑자들이 겨울을 나고 있는 것인 듯하오. 그러니 전날 내가 한 말은 잘못된 소문이었으니 취소하는 바이오. 그럼 이만.

스케구로는 서신을 품 안에 넣었다.

"수고했네. 서찰의 내용처럼 이곳에서도 조사해 보았더니 그릇된 소문이었음이 밝혀져 마음 놓고 있으니 너무 염려치 마시라고 전해 주게."

"그럼 저는 이만 물러가겠습니다."

하인이 인사를 하고 가려고 하자 스케구로가 그를 부르더니 다소 격을 차린 말투로 물었다.

"자넨 언제부터 보장원에서 하인 노릇을 하고 있었는가?"

"근래 새로 들어왔습니다."

"이름은?"

"도라조寅藏라고 합니다."

"흠?"

스케구로는 그를 물끄러미 바라보더니 물었다.

"혹, 장군 가의 사범인 오노지로에몬小野治郎右衛門 선생의 수제자인 하마다 도라노스케 님이 아닌가?"

"예?"

"나는 자넬 처음 보지만 성에 어렴풋이 자네의 얼굴을 알고 있는 자가 있네. 그래서 인슌 스님의 하인은 오노지로에몬의 수제자인 하마다 도라노스케인 듯하다는 말을 얼핏 들은 바가 있는데."

"……."

"다른 사람인가?"

"실은……."

하마다 도라노스케는 얼굴이 빨게 지더니 고개를 숙이고 있었다.

"사정이 있어서 보장원에서 하인 노릇을 하고 있습니다. 스승님의 체면과 제 부끄러움을 생각해서 부디 비밀로……."

"아니, 애초에 사정을 알고자 물어본 것은 아니네. 그저 평소에 혹시나 하고 생각해서……."

"이미 들으셔서 잘 알고 계시겠지만 사정이 있어 오노지로에몬 스승님은 도장을 떠나 산으로 들어가셨습니다. 그 원인은 제 불찰에 있었기 때문에 저도 신분을 낮추어 보장원에서 장작을 패고 물을 길으면서 수행하고자 신분을 감추고 살고 있습니다. 부끄럽습니다."

"사사키 고지로인가 하는 자에게 오노 선생님이 패한 일을 그가 부젠으로 가며 떠들어 대서 세상이 다 알게 되었다네. 그러면 스승의 오명을 씻기 위해 이리……."

"후일, 그럼 후일 다시……."

도라노스케는 부끄러움을 가눌 수 없는 듯 그렇게 말하고 황급히 자리를 떠났다.

삼나무
씨앗

"아직도 돌아오지 않았느냐?"

야규 효고는 중문까지 나와서 오츠를 걱정하고 있었다. 오츠가 우시노스케의 소를 타고 나간 후 시간이 꽤 흐른 뒤에야 그녀가 없어진 것을 알게 되었다. 오츠가 성 안에 없다는 것을 알게 된 것도 에도에서 서신이 도착해서 효고가 그것을 그녀에게 보여 주려고 찾기 시작했을 때부터였다.

"쓰키가세 쪽에는 누가 알아보러 갔느냐?"

효고의 물음에 옆에 있는 가신들이 입을 모아 답했다.

"여덟 명이 갔으니 심려치 마십시오."

"스케구로는?"

"성 아래로 갔습니다."

"찾으려고 말이냐?"

"예, 한냐 들판에서 나라까지 보고 온다며 나가셨습니다."

효고는 잠시 틈을 두고 크게 한숨을 쉬며 말했다.

"어찌 된 일일까?"

효고는 오츠를 향한 순수한 사랑을 품고 있었다. 스스로 순수하다고 생각하는 것은 오츠가 누구를 사랑하고 있는지 그녀의 마음을 잘 알고 있기 때문이었다. 그녀의 마음에는 무사시라는 사내가 자리하고 있었다. 그래도 효고는 오츠가 좋았다. 에도의 히가구보日ヶ窪에서 야규까지 이르는 긴 여정 동안, 또 조부인 세키슈사이가 임종할 무렵까지 머리맡에서 시중을 들던 동안에도 효고는 오츠의 마음씨를 지켜보았다.

'저런 여인의 사랑을 받는 사내는 남자의 행복 중 하나를 가진 것이나 다름없다.'

효고는 무사시가 부러웠지만 다른 사람의 행복을 빼앗으려는 욕심은 품을 수 없었다. 그의 생각이나 행동, 그 모두가 무사도의 철칙에 의하여 행해지고 있었다. 그는 사랑도 무사도를 벗어나서는 할 수 없었다.

아직 만난 적은 없지만 오츠가 선택한 남자라는 이유만으로도 효고는 무사시의 됨됨이를 상상할 수 있었다. 그리고 언젠가는 오츠를 무사히 그에게 돌려보내는 것이 조부의 유지遺志이기도 했고, 자신의 무사도에도 부합한다고 생각했다. 그런데 에도에 있는 다쿠안이 작년 시월 말에 보낸 서신이 무슨 연유에서 늦어졌는지 해를 넘기고 오늘에서야 도착했던 것이다. 편지에는 다음과 같이 적혀 있었다.

숙부인 다지마 님과 야라이의 호조 님의 추천으로 무사시가 장군 가의 사범으로 등용되었음을······.

이런 문구가 있었다. 그뿐 아니라 무사시가 부임하면 곧 저택도 가지게 될 것이고 곁에서 보살펴 주는 이도 있어야 하니 우선 오츠만이라도 서둘러 에도로 올려 보내도록 하고, 나머지 일은 다음 서신으로 보내겠다는 취지의 글이 적혀 있었다.

'얼마나 기뻐할까!'

효고는 마치 자신의 일인 듯 편지를 들고 오츠의 방으로 갔지만 오츠의 모습은 어디에도 없었던 것이다.

다행히 오츠는 얼마 안 있어 스케구로와 함께 돌아왔다. 또 쓰키가세 쪽으로 갔던 무사들도 우시노스케와 만나 함께 돌아왔다. 우시노스케는 죄라도 지은 양 한 사람 한 사람에게 용서를 구했다.

"용서해 주십시오. 잘못했습니다."

사과를 한 후 우시노스케는 집으로 돌아가려고 했다.

"어머니가 걱정하고 계실 테니 아라키 촌으로 돌아가겠습니다."

"바보 같은 소리 말거라. 지금 돌아갔다간 중간에서 또 쓰키가세 낭인들에게 붙잡혀 죽고 말 것이다."

스케구로가 우시노스케에게 호통을 치자 다른 무사들이 말했다.

"오늘은 성에서 재워 줄 테니 내일 돌아가거라."

우시노스케는 하인과 함께 외성에 있는 장작을 쌓아 둔 창고로 갔다. 방에서는 효고가 에도에서 온 서신을 오츠에게 보여 주며 그녀의 생각을 물었다.

"어찌하시겠소?"

사월이면 숙부인 무네노리가 유예를 얻어 에도에서 올 것이었다. 그때를 기다려 숙부와 함께 에도로 갈 것인지, 아니면 지금 당장 혼자서 떠날 것인지 묻고 있었다.

오츠는 다쿠안의 서찰이라는 말을 듣자 먹의 향기조차 너무 그리웠다. 하물며 서찰에 의하면 무사시는 머잖아 막부를 섬기며 에도에 저택을 갖게 될 것이라고 했다. 그동안 만나지 못했던 세월보다 그 소식을 들은 지금 이 순간, 마치 하루가 여삼추같이 느껴져 사월까지 기다릴 수가 없을 듯했다. 그녀는 당장이라도 길을 떠나고 싶은 마음을 감추지 않고 작은 목소리로 떠나고 싶다는 바람을 밝혔다.

"내일이라도……."

효고는 고개를 끄덕이며 말했다.

"그럴 거외다."

효고도 이곳에 오래 머물 생각은 없었다. 몇 해 전부터 오바리尾張의 도쿠가와 요시나오德川義直 공이 부르고 있어서 한 번은 나고야에 갈 생각이었다. 하지만 그것도 숙부를 기다려서 조부의 장례를 지낸 뒤가 아니면 떠날 수가 없었다. 될 수 있으면 중간까지라도 배웅을 하고 싶었지만 여의치 않았다. 만일 먼저 떠난다고 하면 혼자 여행을 하지 않으면 안 되는 처지인데 그래도 상관없는지 효고가 다시 물었다.

"작년 시월 말에 보낸 서찰이 해를 넘겨 도착할 만큼 도중의 역참 사정이나 세상 질서도 겉으로는 온화해 보이지만 아직 불안정한 상황이오. 여자 몸으로 혼자 여행하는 건 위험한 일이지만 그것도 각오한 터라면……."

"예……."

오츠는 효고의 깊은 호의를 절절히 느끼며 말했다.

"여행하는 데는 익숙하고 세상이 위험하다는 것도 다소 알고 있으니 부디 너무 심려하지 마시길 바랍니다."

이날 밤, 오츠의 준비가 끝나자 단출한 송별식을 가졌다. 다음 날 아침, 날씨는 더없이 화창했다. 스케구로를 비롯해서 정들었던 가신들이 오츠를 배웅하기 위해 중문 양쪽에 늘어서 있었다.

"그렇지."

스케구로는 오츠를 보자 옆에 있는 사람에게 말했다.

"하다못해 우지^{宇治} 부근까지라도 소를 태워 보내세. 마침 어젯밤 우시노스케도 성 안 헛간에서 묵었으니."

우시노스케를 부르러 보냈다.

"그거 참 좋은 생각이오."

스케구로는 작별 인사를 나누고 있는 오츠를 잠시 불러 중문에서 기다리게 했다. 그런데 얼마 후에 나타난 무사는 우시노스케가 보이지 않는다고 했다.

"하인들에게 물으니 어젯밤에 쓰키가세를 넘어 아라키 촌으로 돌아갔다고 합니다."

"뭐라? 어젯밤에 돌아갔다고?"

스케구로는 기가 막혔다. 그 말을 들은 다른 자들도 모두 우시노스케의 강단에 놀라지 않는 사람이 없었다.

"그러면 말을 끌고 오너라."

스케구로가 말하자 시종 한 명이 곧 마구간으로 뛰어갔다.

"아닙니다. 말이 너무 아깝습니다."

오츠는 극구 사양했지만 효고가 계속해서 권하자 어쩔 수가 없었다.

"그럼 염치를 무릅쓰고……."

오츠는 시종이 끌고 온 붉은색 말 위에 몸을 맡겼다. 말은 오츠를 태우고 중문에서 대문에 이르는 완만한 언덕을 내려갔다. 우지까지 시종 한 명이 고삐를 잡고 말을 따라갔다. 오츠는 말 등에서 사람들을 돌아보며 인사를 했다. 벼랑에서 길가로 뻗은 매화 가지가 향기를 풍기며 그녀의 얼굴을 스쳐갔다.

'안녕히…….'

말을 하지는 않았지만 효고의 눈은 그렇게 말하고 있었다. 언덕 중간에서 불어온 매화 향기가 효고가 있는 곳까지 아련히 풍겨 왔다. 효고는 참을 수 없는 외로움에 젖어 괴로웠지만 진심으로 그녀의 행복을 빌었다. 오츠의 모습은 서서히 성 아래쪽 길로 작아져 갔다. 효고는 언제까지나 그 자리에 멍하니 서 있었다. 이미 다른 사람들은 모두 돌아가고 없었다.

'무사시가 부럽구나.'

허전한 마음으로 그렇게 뇌까리고 있는 효고의 등 뒤로 어느새 왔는지 아라키 촌으로 돌아갔다던 우시노스케가 서 있었다.

"효고 님."

"오, 너로구나."

"예."

"어젯밤에 돌아갔었느냐?"

"어머니가 걱정을 하고 계실 듯해서요."

"쓰키가세를 지나서 갔더냐?"

"예. 그곳을 지나지 않고는 마을로 가지 못합니다."

"무섭지 않더냐?"

"전혀······."

"오늘 아침은?"

"오늘 아침도 그 길로······."

"낭인들한테 들키지 않고 왔느냐?"

"효고 님, 이상합니다. 산에 살고 있던 낭인들이 어제 희롱한 여자가 야규 님의 성에 계신 분이라는 걸 알고는 틀림없이 야규 성의 무사들이 몰려올 거라고 법석을 떨며 밤새 모두 산을 넘어 어디론지 가버렸다고 합니다."

"하하하, 그러냐? 그런데 넌 오늘 아침 무얼 하러 왔느냐?"

"저 말씀입니까?"

우시노스케는 다소 부끄러워하며 말했다.

"어제 기무라 님이 제가 캔 참마가 맛있다고 칭찬해 주셔서 오늘 아침에 어머니와 함께 참마를 캐서 가지고 왔습니다."

"그러냐?"

효고는 비로소 얼굴에서 쓸쓸한 표정을 털어 냈다. 오츠를 잃은 공허한 마음을 순박한 산골 소년이 잊게 해 준 것이다.

"그럼 오늘은 맛있는 참마를 먹을 수 있겠구나."

"효고 님이 좋아하시면 얼마든지 또 캐 오겠습니다."

"하하하, 그럴 필요는 없다."

"오츠 님은 어디 계시는지요?"

"방금 에도로 떠났다."

"에도로요? 그럼 어제 부탁한 건 효고 님과 기무라 님에게 말씀하지 않았겠네요?"

"무슨 부탁 말이냐?"

"성의 하인으로 써 달라는……."

"너는 그런 일을 하기엔 아직 어리니 나중에 오너라. 그런데 왜 성에서 일을 하고 싶은 것이냐?"

"검술이 배우고 싶어서요."

"흠……."

"가르쳐 주십시오. 어머니가 살아 계시는 동안에 실력을 닦아 보여 드리지 않으면……."

"하지만 너는 이미 누군가에게 배우고 있지 않느냐?"

"나무나 짐승을 상대로 혼자서 목검을 휘둘러 보곤 했을 뿐입니다."

"그걸로 됐다."

"하지만."

"후일 언제고 내가 있는 곳으로 찾아오너라."

"계신 곳이 어디입니까?"

"아마 나고야에서 살게 될 게다."

"오바리의 나고야 말입니까? 어머니가 살아 계신 동안은 그렇게 먼 곳엔 가지 못합니다."

어머니라는 말을 할 때마다 우시노스케의 눈에 눈물이 어렸다. 효고도 어쩐지 가슴이 뭉클해졌다.

"오너라."

"……?"

"도장으로 오너라. 무사의 자질이 있는지 한번 보도록 하자."

"예?"

우시노스케는 꿈이 아닌가 하고 어리둥절한 표정을 지었다. 야규 성에 있는 도장의 오래된 큰 지붕은 그가 늘 동경심을 가지고 바라보던 대상이었다. 그런데 야규가의 제자나 가신도 아닌 야규가의 주인과 같은 효고가 지금 그곳으로 들어오라고 말을 하자 우시노스케는 기쁨에 겨워 가슴이 뛰어서 말도 제대로 하지 못했다. 효고는 벌써 앞서

가고 있었다. 우시노스케는 종종걸음으로 쫓아갔다.

"발을 씻거라."

"예."

우시노스케는 빗물이 고여 있는 연못에서 발을 씻었다. 발톱에 낀 흙까지 꼼꼼히 씻어 냈다. 그리고 난생 처음으로 도장 마루에 올라섰다. 마루는 자신의 모습이 비칠 정도로 흡사 거울처럼 여겨졌다. 사면에 둘러쳐 있는 단단한 판자벽과 우람하고 건장한 대들보에 위압감을 느낀 우시노스케가 그 자리에 우뚝 섰다.

"목검을 들거라."

이곳에 들어오니 효고의 목소리도 달라진 듯했다. 정면 옆에 있는 무사 대기소 벽에 걸려 있는 목검이 보였다. 우시노스케는 그곳에 가서 검은 목검 한 자루를 골랐다. 효고도 목검을 집더니 수직으로 내리고 마루 한가운데로 나왔다.

"됐느냐?"

우시노스케는 들고 있던 목검을 팔과 평행으로 올리고 대답했다.

"옛."

효고는 목검을 올리지 않았다. 오른손에 목검을 든 채 약간 몸을 비스듬히 하고 서 있었다.

"……."

그에 비해 우시노스케는 목검을 중단으로 올리고 고슴도치마냥 온몸을 곤두세우고 있었다. 당찬 얼굴로 눈썹을 치켜뜨고 투지에 불타고 있었다.

'간다!'

효고가 눈빛으로 공격할 기세를 보이자 우시노스케는 잔뜩 어깨를 굽히고 고함을 질렀다.

"우와!"

그 순간, 효고의 발이 마룻바닥을 쿵쿵쿵 울리며 우시노스케를 향해 달려들더니 한 손에 든 목검으로 우시노스케의 허리께를 옆에서 후려쳤다.

"이얏!"

우시노스케가 소리를 지르며 발길로 뒤편의 판자를 내지르며 쿵 하는 소리와 함께 효고의 어깨를 뛰어넘었다. 효고는 몸을 낮추면서 왼손으로 우시노스케의 발에 가볍게 딴죽을 걸었다. 우시노스케는 잠자리처럼 한 바퀴 빙글 돌더니 효고 뒤편으로 공중제비를 돌았다. 손에서 떨어진 목검이 얼음판 위를 미끄러지듯 저편으로 날아갔다. 벌떡 일어난 우시노스케는 굴하지 않고 목검이 있는 곳으로 뛰어가서 주우려고 했다.

"이제 됐다!"

효고가 맞은편에서 이렇게 말하자 우시노스케는 뒤를 돌아다보며 소리쳤다.

"아직!"

그리고 고쳐 잡은 목검을 치켜들고 이번에는 독수리 새끼와 같은 기세로 효고를 향해 달려들다 효고가 목검의 끝을 들어 겨누자 우시노스케는 그대로 중간에 멈추고 말았다.

"……."

우시노스케의 눈에는 분한 눈물이 고였다. 효고는 물끄러미 그 모습을 바라보며 속으로 생각했다.

'무사의 혼이 있는 아이구나.'

하지만 효고는 일부러 눈을 부릅뜨고 소리쳤다.

"이놈!"

"예!"

"이 효고의 어깨를 뛰어넘다니 무엄한 놈이구나."

"……?"

"허물없이 대해 줬더니 토민의 신분으로 무례한 행동을 하다니, 어서 거기에 꿇어앉거라."

우시노스케는 무슨 영문인지 놀랐지만 자리에 앉아 사죄하려 손을 바닥에 짚었다. 그러자 효고는 우시노스케의 눈앞에 목검을 툭 하고 내던지더니 허리에 찬 칼을 빼서 들이밀었다.

"처벌을 내리겠다. 시끄럽게 굴면 이것으로 내려칠 테다."

"예? 저를요?"

"목을 내밀거라!"

"……?"

"병법자가 무엇보다 중히 여기는 건 예의범절이다. 농부의 자식이라곤 하나 지금의 행동은 용서할 수 없다."

"그럼 제 목을 치시겠다는 말씀인가요?"

"그렇다."

우시노스케는 효고의 얼굴을 한동안 바라보다가 체념한 듯 말했다.

"어머니, 저는 이곳에서 죽을 것 같습니다. 너무 서러워하지 마시고 불효자식을 두셨다고 생각하시고 용서하십시오."

우시노스케는 아라키 촌을 향해 절을 한 뒤 조용히 목을 내밀었다. 효고는 싱긋 웃으며 칼을 칼집에 꽂고 우시노스케의 등을 두드리며 달랬다.

"괜찮다, 괜찮아. 장난을 친 것이다. 무엇 때문에 너 같은 아이의 목을 벤단 말이냐."

"예? 지금 하신 말씀이 농담이라고요?"

"안심하거라."

"병법자는 예의범절을 중히 여겨야 한다고 말씀하시고는 그런 장난을 쳐도 괜찮은 건가요?"

"화내지 말거라. 네가 무사가 될 만한 자격이 있는지 시험해 본 것이니 말이다."

"전 정말인 줄 알았습니다."

우시노스케는 비로소 안도의 숨을 쉬고는 화가 난 모양이었다. 효고도 미안한 마음이 들어 다정한 얼굴로 달래며 물었다.

"너는 아무에게도 검술을 배우지 않았다고 했지만 거짓말일 게다.

처음에 내가 일부러 벽까지 너를 몰아세웠는데 대부분 어른들도 그대로 벽에 등을 댄 채 졌다고 했을 것이다. 그런데 너는 내 어깨를 뛰어넘으려고 했다. 그런 행동은 삼사 년 목검 연습을 한 사람이 할 수 있는 행동이 아니다.”

“하지만 전 아무에게도 배운 일이 없는걸요.”

“거짓말.”

효고는 믿지 않았다.

“아무리 숨겨도 소용없다. 너는 좋은 스승을 모시고 있음에 틀림없다. 어째서 스승의 이름을 대지 않느냐?”

효고가 계속 캐묻자 우시노스케는 입을 닫고 말았다.

“잘 생각해 봐라. 누군가에게 배운 적이 있을 게다.”

그러자 우시노스케는 갑자기 얼굴을 들더니 말했다.

“예, 있어요. 그러고 보니 저를 가르쳐 준 게 있었어요.”

“누구냐?”

“사람이 아니에요.”

“사람이 아니면 도깨비더냐?”

“삼麻의 씨앗이에요.”

“뭐라?”

“마의 씨요. 새 모이로도 주는 그 씨요.”

“거 참 이상한 놈이구나. 삼씨가 어찌 네 스승이란 말이냐?”

“저희 마을에는 없지만 산속으로 좀 깊이 들어가면 이가伊賀나 고카甲

翼와 같은 닌자들이 사는 집이 많이 있는데, 그 이가 사람들이 수행하는 걸 보고 저도 흉내 내서 수행했어요."

"흐음? 삼의 씨앗으로……."

"초봄에 삼씨를 뿌리면 흙에서 파란 싹이 나옵니다."

"그걸 어찌하느냐?"

"뛰어넘습니다. 매일 삼의 싹 위를 뛰어넘는 게 수행이에요. 날이 따뜻해지면 삼만큼 빨리 자라는 것도 없으니 말입니다. 그걸 아침에 뛰어넘고 밤에 뛰어넘는 사이에 삼도 한 자 두 자 석 자 쑥쑥 자라니까 게으름을 피우다간 수행에 뒤처져서 결국에는 뛰어넘을 수 없을 만큼 자라 버립니다."

"그럼 네가 그 수행을 했단 말이냐?"

"예. 저는 봄부터 가을까지 작년에도 했고 재작년에도……."

"그렇구나."

효고가 무릎을 치며 감탄하고 있을 때였다. 도장 밖에서 기무라 스케구로가 그를 부르면서 무언가를 들고 왔다.

"효고 님, 에도에서 다시 이런 서찰이 도착했습니다."

서찰은 다쿠안이 보낸 것이었는데 앞서 보낸 서찰의 일이 갑자기 변경되었다고 적혀 있었다.

"스케구로."

"예!"

"아직 오츠는 얼마 가지 못했을 것이다."

효고는 서찰을 다 읽더니 마음이 급한 표정으로 갑자기 물었다.

"글쎄, 말을 탔더라도 시중이 걸어서 따랐으니 아직 이 리도 채 못 갔을 겁니다."

"그렇다면 지금 당장 쫓아가도록 하자."

"무슨 급한 볼일이라도?"

"서찰에 의하면 무사시의 등용이 그의 신상에 의심스런 일이 있다 하여 취소되었다고 한다."

"취소되었단 말입니까?"

"그런 줄도 모르고 그처럼 기뻐하며 에도로 떠난 오츠에게 들려주고 싶지 않은 소식이지만 그렇다고 저대로 내버려 둘 수는 없다."

"그렇다면 그 서찰을 가지고 가서 모셔 오겠습니다."

"아니다. 내가 가겠다. 우시노스케, 급한 일이 생겼으니 나중에 다시 오너라."

"예."

"때가 올 때까지 수행을 게을리 하지 말거라. 네 어머니를 잘 모시며 말이다."

효고는 도장 밖으로 달려 나가 마구간에서 말 한 필을 끌어내 위에 올라타더니 우지 쪽을 향해 곧장 달려갔다. 하지만 그는 말을 타고 가는 도중에 생각을 고쳐먹었다.

'무사시가 장군 가의 사범이 되고 안 되고는 그녀의 사랑에 아무런 문제가 되지 않는다. 그녀는 오직 무사시를 만나고 싶은 것이다. 저리

사월까지 기다리지 못하고 혼자 떠난 걸 보더라도…….'

효고는 서찰을 보여 주고 다시 돌아갈 것을 권해 봤자 순순히 발길을 돌릴 리가 없을 것이고 그저 그녀의 여정을 암담하게 할 뿐이라고 생각했다.

"흐음."

야규 성에서 일 리나 달려왔을 때 효고는 말을 멈췄다. 앞으로 일 리만 더 달려가면 따라잡을 수 있을 것이었다. 하지만 그는 그것이 소용없는 일이라는 사실을 깨달았다.

'무사시와 만나서 두 사람이 재회의 기쁨을 나눈다면 이런 일은 사소한 문제에 지나지 않을 것이다.'

효고는 천천히 말머리를 야규 쪽으로 돌렸다. 길가에 머리를 내민 봄빛은 생기로 가득했고 그의 모습은 한가롭게 보였지만 그의 가슴속에서는 뿌리칠 수 없는 연정이 솟구쳤다.

'한 번만이라도 다시 볼 수 있다면…….'

효고는 그런 미련 때문에 직접 말을 달려 오츠의 뒤를 쫓아온 것이었다.

'안 돼!'

하지만 마음 한편에서는 그 미련을 버리라고 소리치고 있었다. 효고의 가슴은 그녀의 행복을 비는 마음으로 가득했다. 무사도에 대한 미련과 불만도 있었다. 하지만 그것은 무사의 길을 선택하기까지의 순간에 지나지 않았다. 번뇌의 경계에서 한 발 돌아서면 몸은 봄바람처

럼 가벼워지고 버드나무의 초록빛이 한없이 펼쳐진 또 다른 세상이
펼쳐지고 있었다.

'청춘을 불태울 수 있는 것이 어찌 사랑뿐이란 말인가! 시대는 바야
흐로 거대한 파도처럼 손을 높이 들고 세상의 젊은이들을 부르고 있
다. 길가에 핀 꽃에 한눈팔지 말자! 흐르는 시간을 아쉬워하며 그 시
대의 파도를 놓치지 말고 잡자!'

효고는 마음속으로 그렇게 외쳤다.

보장원과
십륜원

오츠가 야규 성을 떠난 지도 벌써 이십여 일이 지났다. 떠난 사람은 날이 갈수록 흐려졌지만 봄빛은 나날이 짙어만 갔다.

"제법 붐비는군."

"오늘 나라의 날씨가 화창한 때문인 듯합니다."

"소풍을 나온 것인가?"

"그런 듯합니다."

야규 효고와 기무라 스케구로였다. 효고는 편립을 썼고 스케구로는 법사두건法師頭巾 비슷한 것을 머리에 감고 잠행을 나온 것이었다. 소풍을 나왔다는 것은 자신들을 두고 한 말인지, 길을 가는 사람들을 두고 한 말인지 알 수 없지만 두 사람의 얼굴에 가벼운 쓴웃음이 스쳐 지나갔다.

시종은 아라키 촌의 우시노스케였다. 근래 우시노스케는 효고에게 귀여움을 받아 전보다 빈번히 성에 왔는데, 오늘은 아예 등에 도시락 보따리를 짊어지고 효고가 갈아 신을 신발 한 켤레를 허리춤에 찬 채 두 사람의 시종이 되어 뒤를 따라다니고 있었다.

세 사람과 거리의 행인들은 마치 약속이라도 한 듯 모두 마을 안의 넓은 들판으로 몰려갔다. 들 옆 흥복사興福寺의 가람伽藍을 숲이 둘러싸고 있었고 우뚝 솟아 있는 탑도 보였다. 또 들에서 높이 보이는 곳에는 승방과 신관의 저택이 보였고, 그 너머로 낮게 자리 잡고 있는 나라의 마을들이 낮에도 안개에 싸인 것처럼 아련하게 보였다.

"이미 끝난 걸까?"

"점심시간일 겁니다."

"그렇군. 도시락을 꺼내는 걸 보니 법사들도 밥을 먹으려나 보군."

효고가 이렇게 말하자 스케구로는 그만 웃음을 터뜨리고 말았다. 대략 사오백 명의 사람들이 들판에 몰려들었는데도 들이 워낙 넓어서 드문드문 보일 뿐이었다. 사람들은 서거나 앉아 있었는데 어떤 사람들은 어슬렁어슬렁 걸어 다니고 있었다. 이곳은 예전 헤이안 산조平安三條의 나이시가하라內侍ヶ原였다. 이곳에서 오늘 무언가 볼거리가 벌어지는 모양이었다. 하지만 도회지를 제외한 곳에서는 임시로 건물을 세우는 일이 드물어서 유명한 마술사가 오거나 활쏘기와 검술 시합이 개최되더라도 야외에서 행해졌다.

오늘 벌어지는 것은 단순히 그런 구경거리가 아니라 훨씬 진지한 것인 듯했다. 일 년에 한 번씩 보장원의 창법승檜法僧들이 모여서 시합을 벌이는 날이었다. 이 시합의 결과에 따라 보장원의 서열이 정해지기 때문에 많은 법사와 무사 들이 사람들 앞에서 치열하게 싸움을 벌였다.

하지만 지금 들판의 분위기는 극히 차분하고 한가해 보였다. 다만 들판 한쪽의 서너 곳에 쳐 놓은 장막 주위에서 법의를 짧게 걷어 올린 법사들이 떡갈나무 잎으로 싼 도시락을 먹거나 차를 마시고 있을 뿐이었다. 한가해 보인다는 말이 꼭 들어맞는 풍경이었다.

"스케구로."

"예."

"한참 걸릴 것 같으니 우리도 어디 앉아서 밥을 먹을까?"

"잠깐 기다리십시오."

스케구로는 적당한 장소가 없는지 주위를 둘러보았다. 그러자 우시노스케가 재빨리 어디선가 가마니 한 장을 가지고 와서 적당한 곳에 깔았다.

"효고 님, 여기 앉으십시오."

'눈치가 빠른 녀석이다.'

효고는 그의 기민함에 감탄하면서도 한편으로는 그러한 점이 장차 대성하는 데 있어 걸림돌이 되지나 않을까 다소 걱정이 되기도 했다.

세 사람은 가마니 위에 앉아서 대나무 잎으로 싼 도시락을 펼쳤다. 흰 쌀로 만든 주먹밥에 매실 절임과 된장이었다.

"맛있군."

효고는 푸른 하늘 아래에서 도시락을 먹는 즐거움을 만끽하고 있었다.

"우시노스케."

스케구로가 불렀다.

"예."

"효고 님께 따뜻한 물 한 그릇을 드리고 싶구나."

"그럼 저쪽 법사들이 있는 곳에 가서 구해 올까요?"

"그렇게 하거라. 허나 보장원 사람들에게 야규가의 사람이 와 있다는 건 비밀로 해야 한다."

효고도 옆에서 주의를 주었다.

"인사라도 하러 오면 성가시니 말이다."

"예."

우시노스케가 가마니 끄트머리에서 일어서려는데 아까부터 저쪽에서 들판을 둘러보며 가마니를 찾고 있는 두 명의 나그네가 있었다.

"응? 가마니가 없어졌다. 가마니가⋯⋯."

효고 일행이 있는 곳에서 얼마 떨어진 곳이었는데 그 근방에는 낭인들이나 여자나 마을 사람들이 드문드문 있었지만 그들이 잃어버린 가마니를 깔고 앉아 있는 사람은 아무도 없었다.

"이오리, 그만 됐다."

한 사람이 찾다 못해 그렇게 말했다. 그는 둥근 얼굴과 단단한 근육에 다부진 몸집을 하고 있었고 넉 자 두 치쯤 되는 떡갈나무 봉을 들고 있었다. 이오리와 함께 있다면 두말 할 것도 없이 바로 무소 곤노스케였다.

"찾지 않아도 괜찮으니 그만둬라."

곤노스케가 몇 번을 말해도 이오리는 포기할 수 없다는 표정으로 말했다.

"분명히 어떤 놈이 가져간 게 틀림없어요."

"괜찮다니까. 그깟 가마니 한 장 가지고 뭘 그러느냐."

"가마니 한 장이라도 말없이 가져간 그 심보가 밉다고요."

"……."

곤노스케는 벌써 가마니는 잊어버리고 풀밭 위에 앉아 먹통을 꺼내 점심 전까지 여행에 든 경비를 적고 있었다. 그가 여행 중에 이것을 적게 된 것은 이오리와 여행을 하면서 그에게 감탄을 한 뒤부터였다. 이오리는 아이답지 않게 생활력이 강했다. 물건을 낭비하지 않는 꼼꼼한 성격이어서 한 공기의 밥이나 매일의 날씨에도 감사할 줄 알았다. 그래서인지 남의 잘못된 행동을 용서하지 않는 결벽증도 지니고 있었다. 이 결벽증은 무사시의 곁을 떠나 사람들의 틈바구니에서 생활할수록 더 커져만 갔다. 비록 한 장의 가마니이지만 남이 곤란해하건 말건 말없이 가져간 자의 심보가 미웠던 것이다.

"앗, 저자들 짓이군."

이오리는 곤노스케가 여행길에 들고 다니는 잠자리인 가마니를 뻔뻔스럽게 깔고 앉아서 밥을 먹고 있는 세 사람을 마침내 찾아냈다.

"거기!"

이오리는 그곳으로 달려가다가 열 걸음 정도 앞에서 멈춰 서서 뭐라고 할 말을 생각하고 있었다. 그때 마침 물을 얻으러 가기 위해 자리에서 일어선 우시노스케가 다가오며 대꾸했다.

"뭐야?"

이오리는 올해 열넷, 우시노스케는 열셋이었다. 하지만 우시노스케쪽이 이오리보다 훨씬 나이가 많아 보였다.

"'뭐야'라니?"

이오리는 우시노스케의 무례를 따졌다. 우시노스케는 이곳 사람 같지 않은 작은 나그네를 우습게 보았다.

"왜, 뭐가 불만이야? 네가 그렇게 불렀으니 똑같이 물어본 건데."

"남의 물건을 말도 없이 집어 가는 건 도둑이나 하는 짓이야."

"도둑? 날 도둑이라고 했겠다."

"그래. 우리가 저기 둔 가마니를 말없이 가져갔잖아."

"그 가마니는 저기 떨어져 있어서 가져온 거야. 그깟 가마니 한 장 가지고……."

"가마니 한 장도 여행하는 사람에겐 비를 피하고 밤엔 이불이 되는 소중한 물건이다. 돌려줘."

"돌려줄 수도 있지만 말투가 비위에 거슬려서 못 주겠다. 방금 도둑이라고 한 말을 사과하면 돌려주지."

"자기 물건을 돌려받는데 사과하는 바보가 어디 있어! 돌려주지 않는다면 힘을 써서라도 가져갈 테다."

"어디 가져가 보시지. 아라키 촌의 우시노스케가 너 따위에게 질 줄 알고."

"건방진 녀석."

이오리도 지지 않고 작은 어깨를 치켜세우며 말했다.

"이래 봬도 난 무사의 제자다."

"좋아. 나중에 저쪽으로 와. 주위에 사람들이 있다고 큰소리치지만 사람들이 없으면 꼼짝도 하지 못하는 주제에."

"어디 두고 보자."

"잊지 말고 오기나 하시지."

"어디로?"

"흥복사 탑 아래로 와. 다른 사람은 데려오지 말고."

"좋다."

"내가 손을 들면 오는 거다. 알았어?"

둘은 말싸움만 하다 일단 헤어졌다. 우시노스케는 그대로 물을 얻으러 갔다. 그가 어디서 났는지 병에 따뜻한 물을 담아 들고 돌아올 무렵, 들판 한가운데서 흙먼지가 일고 있었다. 법사들의 시합이 시작된 것이었다. 그걸 보기 위해 사람들이 큰 원을 그리며 몰려들었다. 우시노스케가 원을 지어 둘러선 사람들 뒤로 지나갔다. 곤노스케와 나란히 구경을 하고 있던 이오리가 돌아보자 우시노스케가 눈빛으로 도발을 했다.

'나중에 와!'

이오리도 눈빛으로 대답했다.

'각오나 하고 있어.'

나이시가하라의 한가로운 봄도 시합이 시작되자 순식간에 변했다. 사람들은 이따금 피어오르는 누런 먼지에도 함성을 질렀다.

이긴 자가 높이 올라갔다. 바로 그것이 시합이었다. 아니 시대가 그러했다. 소년의 가슴에도 그런 시대상이 반영되었다. 이오리와 우시노스케는 그런 시대의 한가운데에서 자란 아이들이었다. 태생적으로 허약하게 태어난 자는 온전히 사람 구실을 할 수 없는 시대에 열서너 살 무렵부터 이미 자신이 수긍하지 못하면 굴복하지 않는 기백이 자라고 있었다. 단지 한 장의 가마니가 문제가 아니었다. 하지만 이오리나 우시노스케도 어른과 함께 왔기 때문에 잠시 그들 곁에서 시합을 구경하고 있었다.

조금 전부터 장대 같은 긴 창을 세우고 들판 한가운데에 서 있는 법사가 있었다. 그를 향하여 여러 사람이 창을 겨누고 나왔지만 모두 나가떨어져서 이젠 맞서 싸울 사람도 없었다.

"누가 또 없는가?"

법사가 재촉을 했지만 아무도 나서는 자가 없었다. 이럴 때는 나서지 않는 것이 현명하다고 생각했는지 동쪽 장막이나 서쪽 대기소에서도 마른침만 삼키며 법사가 하는 말을 듣고 있었다.

"나설 자가 없으면 소승은 퇴장하겠소이다. 오늘 시합에서 십륜원十輪院의 난코南光 법사가 제일임에 이견이 없는 줄 알겠소."

그는 동쪽과 서쪽을 노려보며 도발을 했다. 십륜원의 난코는 선대인 인에이로부터 보장원의 창법을 직접 물려받아 일파를 세우고 십륜원의 창이라 칭하며 인슌과는 서로 반목하고 있는 사이였다. 두려워서인지 싸움을 피하기 위해서인지 인슌은 오늘 모습을 드러내지 않았다. 병 때문이라는 게 공식적인 이유였다. 난코는 보장원의 제자들을 마음껏 짓밟아 주었다는 듯 이윽고 세우고 있던 창을 옆으로 고쳐 들었다.

"이젠 상대가 없으니 나는 그만 물러가겠소."

"잠깐!"

그때 한 승려가 창을 비껴들고 뛰어나오며 소리쳤다.

"인슌의 문하, 다운陀雲이오."

"오!"

"소승이 상대하겠소."

"자, 오시게!"

두 사람의 뒤꿈치로 땅을 차고 흙먼지를 일으키며 떨어진 순간, 창은 마치 살아 있는 생명처럼 서로 노려보고 있었다. 이젠 끝인가 하고 실망하고 있던 사람들이 환호성을 올리며 좋아했다. 그런데 사람들은 이내 숨이라도 막힌 듯 아무 소리도 내지 않았다. '쿵' 하는 세찬 울림이 들렸을 때, 창이 창대를 친 줄 알았지만 다운이라는 승려가 머리에 난코의 창을 맞고 나가떨어져 있었다.

다운은 바람에 넘어진 허수아비처럼 옆으로 쓰러져 있었다. 보장원

대기소에서 서너 명의 승려가 우르르 몰려나오자 다시 시합이 벌어지는가 하고 기대했지만 그들은 다운을 짊어지고 물러갔다. 그곳에는 더욱 거만해져 어깨를 한껏 치켜세우고 있는 난코의 모습밖에 보이지 않았다.

"용기 있는 자가 아직 남아 있을 듯한데 있다면 빨리 나오시오. 서너 명이 무더기로 달려들어도 괜찮겠소이다."

바로 그때, 대기소의 장막 뒤에 한 수도승이 궤를 내려놓았다. 그는 홀가분해진 몸으로 보장원 승려들 앞으로 가서 물었다.

"시합은 보장원의 제자 분들만 할 수 있는 것인지요?"

보장원의 승려들은 그렇지 않다고 대답했다. 그리고 동대사東大寺 앞과 사루자와猿澤 연못가에 팻말을 세워 적어 놓은 대로 무도에 뜻을 둔 자라면 누구를 막론하고 시합을 할 수 있지만, 거칠고 용맹한 중들만 모여 창술을 수련하는 보장원의 법사를 향해 자진해서 시합에 나서 치욕을 당하거나 한쪽 발이 부러져 돌아가는 바보는 없다고 설명해 줬다. 그러자 그는 앉아 있는 법사들에게 인사를 하며 말했다.

"그렇다면 소인이 한번 바보가 되어 보려는데 목검을 빌릴 수 있을는지요?"

사람들 속에서 시합을 구경하던 효고가 뒤돌아보며 말했다.

"스케구로, 재미있어지는군."

"수도승이 나온 듯합니다."

"그렇다면 승패는 이미 갈린 것이나 마찬가지다."

"난코가 이길까요?"

"아니, 아마 난코는 시합을 하지 않을 것이네. 시합을 하면 그는 미흡한 자가 될 것이네."

"흐음……."

스케구로는 납득이 가지 않는다는 표정을 지었다. 난코에 대해 잘 알고 있는 효고가 한 말이기는 했지만 어째서 지금 나선 수도승과 시합을 하면 미흡한 인간이 된단 말인지 스케구로는 그것을 미심쩍게 여겼으나 얼마 지나지 않아 그 뜻을 알게 되었다.

들 한가운데에서 수도승은 빌린 목검을 손에 쥐고 난코 앞으로 가서 자세를 취했다. 스케구로는 그 모습을 보고 비로소 알게 되었던 것이다. 오미네大峰 산의 사람인지 송호원聖護院 유파인지 처음 보는 수도승이었지만 나이는 마흔 전후였고 강철 같은 육체는 수행으로 단련했다기보다 생사를 달관한 전쟁터에서나 만들 수 있는 육체였다.

"잘 부탁드리겠습니다."

수도승의 말은 온화했고 눈빛도 부드러웠다. 하지만 그는 생사의 경계를 넘어선 자였다.

"어디 사람인가?"

난코는 새로 나타난 상대를 쳐다보며 말했다.

"초대받지 않은 자입니다."

수도승이 가볍게 목례를 하자 난코가 창을 똑바로 세우며 외쳤다.

"잠깐 기다리시오."

난코는 시합을 하면 안 된다는 것을 깨달은 듯했다. 기술에선 앞설지 모르지만 이 새로운 적수는 결코 이길 수 없다는 것을 느꼈던 것이다. 게다가 당시 수도승 중에는 신분과 출신을 감추고 있는 사람이 많아서 피하는 편이 현명하다고 생각한 것이다.

"외부 사람과는 시합을 하지 않겠소."

난코는 고개를 저었다.

"방금 저쪽에서 들은 규칙에 의하면……."

수도승은 자신이 시합에 나선 것이 부당하지 않은 이유를 온화하게 말하고 시합에 임하려하자 난코가 황급히 말했다.

"그것은 저들의 말일 뿐이오. 내 창은 함부로 사람들을 이기기 위해서 있는 것이 아니오. 창으로 불자의 수행을 닦고 있는 것이오. 외부인과의 시합은 내가 원하지 않소이다."

"하하하."

수도승은 쓴웃음을 지었다. 수도승은 무슨 말인가를 더 하려다가 사람들이 보고 있는데 할 말은 아니라는 듯 대기소의 승려에게 목검을 돌려주더니 순순히 어디론가 사라졌다. 그러자 난코도 그곳에서 물러났다. 그의 그런 구차한 변명을 대기소에 있는 법사들과 사람들도 비겁하다고 수군거렸지만 난코는 전혀 개의치 않고 세 명의 제자를 데리고 개선장군처럼 돌아가 버렸다.

"스케구로, 어떤가?"

"예상하신 대로입니다."

"그럴 테지."

효고가 덧붙여 말했다.

"저 수도승은 아마 구도 산九度山의 무리일 것이네. 두건과 백의를 투구와 갑옷으로 갈아입으면 예전에 이름을 꽤나 날렸을 법한 인물임에 틀림이 없을 것이네."

시합이 끝났음을 알리자 사람들은 제각기 흩어지기 시작했다. 스케구로는 주위를 둘러보더니 중얼거렸다.

"아니, 어딜 갔지?"

"왜 그러는가?"

"우시노스케의 모습이 보이지 않습니다."

두
소년

그것은 단둘이 만나자는 약속이었다. 함께 온 어른들이 시합에 정신이 팔려 있을 때 우시노스케가 오라는 눈짓을 하자 이오리는 곤노스케에게 말하지 않고 사람들 틈에서 빠져 나왔다. 우시노스케도 효고와 스케구로 알아차리지 않게 몰래 그곳을 빠져 나와 흥복사 탑 아래까지 왔다.

"어이."

"뭐?"

높은 오층탑 아래에서 작은 두 명의 무사가 서로를 노려보았다.

"목숨이 잃더라도 나중에 원망하지 마라."

이오리가 말하자 우시노스케가 대꾸했다.

"건방진 소리를 하는군."

칼을 가지고 있지 않던 우시노스케가 봉을 주워 들자 칼을 가지고 있던 이오리가 그 칼을 뽑아 들고 달려들었다.

"이 자식!"

우시노스케가 펄쩍 뛰며 뒤로 물러나자 이오리는 그가 겁을 집어먹은 줄 알고 쫓아가며 칼을 내리쳤다. 그 순간, 우시노스케는 이오리를 삼씨로 생각하고 뛰어오르면서 발로 이오리의 얼굴을 공중에서 걸어찼다.

"악!"

이오리는 한 손으로 귀를 감싸고 넘어졌지만 이내 벌떡 일어나서 칼을 내리쳤다. 우시노스케도 봉으로 내리쳤다. 이오리는 무사시의 가르침은 물론이고 평소에 곤노스케에게 배운 것도 잊어버리고 말았다. 자신이 칼을 휘두르며 들어가지 않으면 상대에게 언어맞을 것 같은 생각이 들었다.

'눈, 눈이다' 하며 무사시가 입이 닳도록 강조했던 말은 머릿속에 없었다. 이오리는 두 눈을 질끈 감고 맹목적으로 칼을 휘두르며 상대를 향해 달려들었다. 기다리고 있던 우시노스케는 몸을 피하더니 봉으로 이오리를 흠씬 두들겨 쓰러뜨렸다.

"으으으……."

이오리는 일어설 수가 없었다. 칼을 쥔 채 땅에 엎드리고 말았다.

"내가 이겼다!"

우시노스케는 자신이 자랑스러웠지만 이오리가 움직이지 않자 갑자기 겁에 질렸는지 산문 쪽으로 뛰기 시작했다.

"이놈!"

사방을 둘러싼 나무가 울부짖듯 누군가가 우시노스케의 등 뒤에서 고함을 쳤다. 그와 동시에 넉 자 정도의 봉 끝이 바람을 가르며 픽 하고 날아오더니 우시노스케의 허리께를 찔렀다.

"악!"

우시노스케가 옆으로 쓰러졌다. 한 사람이 달려왔다. 이오리를 찾으러 온 무소 곤노스케였다.

"잠깐!"

목소리가 가까워지자 우시노스케는 허리가 아픈 것도 잊고 재빨리 일어나서 몇 발짝 내달렸을 때, 산문에서 들어온 사람과 정면으로 부딪치고 말았다.

"우시노스케 아니냐?"

"응?"

"무슨 일이냐?"

기무라 스케구로였다. 우시노스케는 황급히 스케구로 뒤에 숨었다. 당연히 우시노스케를 쫓아온 곤노스케와 스케구로는 아무 예고도 없이 불현듯 눈과 눈이 마주치자 서로 대치하고 있는 형국이 되고 말았다. 눈과 눈이 날카롭게 마주친 순간, 두 사람 사이에 금방이라도 싸움이 벌어질 듯싶었다. 스케구로의 손은 칼로, 곤노스케의 손은 봉으로 향했다. 그러나 다행히도 두 사람은 현재 상황의 진상을 가늠하려는 예민한 직감력이 있었다.

"자세한 내막은 알 수 없지만 무슨 연유로 이리 어린아이를 해하려 하시오?"

"오히려 내가 묻고 싶은 말이오. 저기 탑 아래에 쓰러져 있는 아이를 보시오. 저 아이한테 얻어맞아 정신을 잃고 괴로워하고 있지 않소이까."

"저 아이가 그대의 동행이오?"

"그렇소."

곤노스케는 그렇게 말하고 곧 되물었다.

"저 아이는 그대의 시종이오?"

"시종은 아니지만 내 주군이 아끼는 우시노스케라는 아이요. 우시노스케, 무슨 연유로 저 아이를 때렸느냐?"

스케구로는 등 뒤에 잠자코 서 있는 우시노스케를 돌아다보며 힐문했다.

"어서 말해 보아라."

우시노스케가 대답을 하기 전에 탑 아래에 쓰러져 있던 이오리가 고개를 들더니 소리쳤다.

"시합이었어요. 시합!"

이오리는 아픈 몸을 일으켜 걸어오면서 말했다.

"시합을 해서 제가 진 거니까 그 애는 잘못한 게 없어요. 제가 약한 거예요."

스케구로는 이오리가 진 것을 부끄러워하지 않고 솔직하게 말하는 모습을 보고 감탄한 듯 눈을 크게 뜨고 물었다.

"그럼 서로 약속을 하고 정정당당히 시합을 한 것이냐?"

스케구로가 웃음을 띤 눈으로 우시노스케를 돌아다보자 우시노스케도 다소 계면쩍은 듯 전후사정을 말했다.

"제가 저 아이 가마니인 줄도 모르고 아무 말도 하지 않고 가져왔으니 제가 나빴습니다."

이오리도 이젠 기운을 되찾고 있었고 사정을 들어보니 어린아이들의 싸움에 지나지 않았다. 그저 웃고 넘길 만한 일이었는데, 만약 곤노스케와 스케구로가 서로 한 발도 물러서지 않고 무기를 꺼내 들었더라면 지금쯤 서로 무용한 피를 흘렸을 것이 분명했다.

"이거 실례했소이다."

"피차피장입니다. 저야말로 무례를 범했소이다."

"그럼 그만."

그들은 서로 웃으며 산문을 나섰다. 그리고 흥복사 문 앞에서 헤어지려는 순간, 곤노스케가 돌아보며 물었다.

"잠깐 여쭙겠습니다. 야규 장원은 이 길로 곧장 가면 되는지요?"

스케구로가 돌아보며 물었다.

"야규의 어느 곳을 가시려는지요?"

"야규 성을 찾아가려 합니다."

"성으로요?"

스케구로가 곤노스케 쪽으로 다가갔다. 예상치도 못한 이 일로 그들은 서로가 누군지 알게 되었다. 다른 곳에서 스케구로와 우시노스케를 기다리고 있던 야규 효고도 어느새 이곳에 와서 전후사정을 듣고는 한숨을 쉬며 말했다.

"저런, 참으로 애석하게 되었군."

그리고 멀리 에도에서 여기 야마토지大和路까지 온 곤노스케와 이오리를 안쓰러운 눈으로 바라보며 몇 번이나 중얼거렸다.

"하다못해 이십 일만이라도 일찍 왔던들……."

스케구로도 아쉬운 마음에 몇 번이고 탄식을 하다 먼 산만 바라보았다.

무소 곤노스케가 이오리를 데리고 이곳에 온 것은 오츠가 야규 성에 있다는 말을 들었기 때문이었다. 언젠가 호조 아와노가미의 집에서 뜻하지 않게 이오리의 누이 일이 화제에 올랐을 때, 다쿠안이 이오리의 누이가 바로 오츠라고 가르쳐 준 일을 떠올리고 이곳에 온 것이었다. 그런데 그만 길이 엇갈려서 오츠는 이십여 일 전에 무사시를 찾아서 에도로 떠나고 말았다. 곤노스케에게 에도의 소식을 듣자니 설상가상으로 무사시도 곤노스케가 에도를 떠나기 전에 이미 에도를 떠나 어디에 있는지조차 모른다고 했다.

"떠도는 신세가 될 듯하군."

문득 효고가 중얼거렸다. 그리고 며칠 전, 도중까지 쫓아갔다가 단념하고 돌아온 일을 후회했다.

"참으로 가엾고 불행한 사람이구나."

그러나 불쌍하고 가엾은 사람이 또 한 명 있었다. 그런 이야기를 곁에서 멍하니 듣고 있던 이오리였다. 태어나서 한 번도 본 적 없고 소식도 모르던 누이와 만날 일은 없다고 체념하고 있을 때는 외롭지도 않았고 만나고 싶은 생각도 들지 않았다. 하지만 야마토의 야규 성에 살아 있다는 말을 들은 후부터는 망망한 바다를 떠다니다 육지를 발견한 것처럼 혈육의 정을 억누르지 못하고 이곳까지 오게 된 것이다.

"……."

이오리는 금방이라도 울음이 터질 듯한 얼굴이었지만 울지 않았다. 곤노스케가 효고의 질문에 에도에 관한 이런저런 이야기를 들려주고 있자 이오리는 주위의 화초를 바라보며 조금씩 걸음을 옮겼다.

"어디 가니?"

우시노스케가 뒤에서 따라오며 위로하는 표정을 지으며 이오리의 어깨에 손을 얹었다.

"울고 싶니?"

이오리는 세차게 고개를 저었지만 눈에서 눈물이 떨어졌다.

"울긴 내가 왜 울어. 울고 싶지도 않아."

"어, 참마 넝쿨이 있다. 참마 캐는 법 알고 있어?"

"알고말고. 내 고향에도 참마가 많아."

"시합할까?"

우시노스케가 그렇게 말하자 이오리도 넝쿨 뿌리에 쪼그리고 앉았다.

숙부인 무네노리의 근황에서부터 무사시의 일과 에도의 근황, 오노지로우에몬의 실종 소문까지 묻자니 한이 없었고 말하자니 끝이 없었다. 이곳 야마토 산골에서는 어쩌다 에도에서 사람이라도 오면 그 사람의 한 마디 한 마디가 모두 새로운 세상에 대한 지식이었다. 효고와 스케구로는 그렇게 뜻하지 않게 오랜 시간이 흘러 해가 기운 것을 깨닫고 권했다.

"우선 성에서 당분간 머무는 것이 어떤지요?"

곤노스케는 깊이 사의를 표하며 이대로 다시 길을 떠나고 싶다는 뜻을 피력했다.

"오츠 님이 안 계신 이상⋯⋯."

곤노스케는 수행길이라고는 하지만 기소에서 돌아가신 어머니의 유품인 머리카락과 위패를 아직도 몸에 지니고 있어서 그것이 마음에 걸렸다. 여기 야마토까지 온 김에 기슈^{紀州}의 고야 산^{高野山}이나 가와치^{河內}의 금강사^{金剛寺} 둘 중 한 곳에 가서 위패를 안치하고 유품인 머리카락을 불탑에 모시고 싶다고 했다. 효고는 붙잡을 수도 없어서 그대로 작별 인사를 하려는데 문득 곁에 있는 줄 알았던 우시노스케가 없어진 것을 깨달았다.

"응?"

곤노스케도 두리번거리며 이오리를 찾았다.

"저기 있군. 땅에 쪼그리고 앉아서 둘이 무얼 캐고 있군."

스케구로가 손가락으로 가리키는 곳을 보자 이오리와 우시노스케가 한눈도 팔지 않고 열심히 흙을 파고 있었다. 그들이 미소를 지으며 살며시 등 뒤로 가서 서 있어도 둘은 알아차리지 못했다. 아까부터 덩굴 뿌리를 캐내며 참마가 다치지 않도록 주위를 조심스레 한쪽 팔이 땅속에 다 들어갈 만큼 구멍을 깊이 파고 있었다.

우시노스케가 뒤에서 인기척을 느끼고 돌아보자 이오리도 웃는 얼굴로 뒤를 돌아보았다. 둘은 어른들이 자기들을 보고 있었다는 걸 깨닫자 더욱 열심히 땅을 파기 시작했다. 곧이어 우시노스케가 길쭉한 참마를 땅 위로 뽑아 올렸다.

"뽑혔다."

이오리는 아무 말 없이 구멍 속으로 어깻죽지까지 넣고 여전히 흙을 파고 있었다. 끝이 날 것 같지 않은 기색에 곤노스케가 옆에서 재촉했다.

"멀었느냐? 나는 간다."

그러자 이오리는 늙은이처럼 허리를 두드리며 일어서더니 체념하듯 말했다.

"안되겠다. 이 참마를 캐려면 밤까지 걸리겠어."

이오리는 아직 구멍 속에 미련이 남는 듯 옷에 묻은 흙을 털자 우시노스케가 구멍을 들여다보더니 도와주려고 했다.

"에게, 이렇게 파 놓고 겁쟁이구나. 내가 뽑아 줄까?"

"안 돼, 안 돼. 부러질 거야."

이오리는 그렇게 말하더니 애써 판 구멍을 주위에 있는 흙을 발로 끌어와 메우더니 본래대로 덮어 버렸다.

"그럼 안녕."

우시노스케는 캐낸 참마를 자랑스럽게 어깨에 둘러멨다. 하지만 참마의 끝이 온전하지 않았는지 부러진 자리에서 흰 액체가 흘러나왔다. 그것을 본 효고가 너무 자란 보리를 발로 밟아 주듯 우시노스케의 머리를 꾹 누르며 말했다.

"우시노스케, 네가 졌구나. 시합에선 네가 이겼다지만 참마 캐기에서는 네가 졌다."

대일여래

       요시노吉野의 벚꽃도 색이 바랬고 길가의 엉겅퀴도 시들었다. 걸어 다니면 다소 땀이 배어났다. 이오리는 소똥이 마르는 냄새를 맡자 나라에서의 시절과 떠돌아다니던 무렵의 추억이 되살아나 계속 걸어도 지칠 줄 몰랐다.

"아저씨, 아저씨!"

이오리는 뒤를 돌아보더니 곤노스케의 소매를 잡아끌며 자꾸 걱정이 되는지 소곤거렸다.

"어제 그 수도승이 또 따라와요."

곤노스케는 짐짓 이오리의 말을 못 들은 척 걸으며 말했다.

"보지 말거라. 모르는 체하고 있어."

"하지만 이상한걸요."

"뭐가?"

"어제 야규 효고 님과 홍복사 앞에서 헤어지고부터 앞서거니 뒤서 거니 하며……."

"그게 뭐 어때서 그러느냐? 사람은 누구나 제 가고 싶은 곳으로 갈 수 있지 않느냐."

"그래도 잠을 잘 때도 다른 곳에서 묵으면 되는데 같은 곳에서 묵었 잖아요."

"아무리 뒤를 따라와도 훔쳐갈 만한 돈도 없으니 걱정할 것 없다."

"목숨은 가지고 있으니 빈털터리는 아니잖아요."

"하하하, 나도 목숨 단속은 하고 있다. 너도 잘 단속하고 있느냐?"

"예, 물론이죠."

돌아보지 말라는 말을 들으면 더 돌아보고 싶어지기 마련이었다. 이 오리는 왼손을 칼자루에서 떼지 않았다. 곤노스케도 그다지 좋은 기 분은 아니었다. 수도승의 얼굴이 왠지 낯이 익었다. 그는 어제 난코와 의 시합을 자청하다가 거절당했던 수도승이었다. 아무리 생각해도 자 신들을 미행할 이유를 찾을 수가 없었다.

"어느 틈에 사라졌네."

이오리가 또 뒤를 돌아다보고 그렇게 말하자 곤노스케도 뒤를 돌아 보았다.

"아마 싫증이 난 게지. 이젠 좀 마음이 후련하구나."

그날 밤은 가쓰라기 촌葛木村의 민가에서 묵었다. 다음 날에는 아침 일 찍 미나미가와치南河内의 아마노고天野郷로 가서 맑은 계곡물을 끼고 있는 사찰 앞 마을을 찾아다녔다.

"기소의 나라이에서 이곳의 술을 빚는 장인의 집으로 시집온 오안이라는 사람의 집을 아시는지요?"

오안은 곤노스케가 고향에서 알던 사람이었는데 이곳 아마노 산의 금강사 부근으로 시집을 왔기 때문에 그녀에게 죽은 어머니의 위패와 유품인 머리카락을 금강사에 공양해 달라고 부탁할 생각이었다.

'만약 찾지 못하면 고야로 가자. 그곳에는 귀인의 공양소로 이름난 대갓집의 위패가 모셔져 있어 나그네의 위패를 받아 줄지 모르겠지만 일단 고야 산에 맡기러 가자.'

그렇게 생각하고 있을 때였다.

"아, 오안요? 오안이라면 술을 만드는 집이 모여 있는 곳에 있을 거예요."

마을의 어떤 아낙이 그렇게 말하더니 친절하게 가르쳐 주었다.

"이 문으로 들어가면 오른쪽 네 번째 집에서 도로쿠藤大 님의 집이냐고 물어보세요. 오안의 남편분이니까요."

어느 절에서든 산문에 술을 들이는 것을 금하는 것이 철칙이지만 이곳 아마노 산天野山 금강사에서는 술을 만들고 있었다. 물론 세상에 내놓지는 않았지만 도요토미 히데요시가 이 절에서 만든 술을 칭찬하고부터는 제후들 사이에 '아마노 술'이 널리 알려져 있었다. 히데요시가 죽은 뒤로 그 풍습도 많이 쇠퇴했다고는 하지만 아직도 해마다 술을 담가서 청하는 시주들 집에 보내는 풍습은 남아 있었다.

"그런 연유로 나를 비롯한 열 명쯤 되는 직인이 산사에 고용되어 와 있는 것입니다."

그날 밤, 양조장 책임자이자 오안의 남편인 도로쿠가 손님인 곤노스케에게 이렇게 설명해 주고는 곤노스케의 부탁도 들어주었다.

"효심에서 우러난 일이니 내일 주지스님께 부탁드리면 분명 들어주실 겁니다."

다음 날 아침에 일어났을 때 도로쿠는 모습이 보이지 않더니 한낮이 조금 지나 돌아와서 말했다.

"스님께 부탁 드렸더니 흔쾌히 허락해 주셨어요. 따라오시지요."

곤노스케와 이오리는 도로쿠의 안내를 받으며 사찰로 갔다. 사방은 그윽한 풍취의 봉우리에 둘러싸여 있었고 아직 지지 않은 벚꽃이 하얗게 피어 있었다. 일곱 당堂의 가람은 아마노 천의 계류가 휘돌아 흐르는 산골짜기에 있었는데 산문으로 건너가는 흙다리 아래를 내려다보니 산봉우리에서 떨어진 벚꽃들이 물결에 실려 떠내려가고 있었다. 산의 정기와 사찰의 장엄함에 이오리는 옷깃을 단정히 여몄고 곤노스케도 긴장하고 있는 듯 보였다. 그런데 본당 위에서 뜻밖에 허물없이 말을 거는 승려가 있었다.

"모친의 공양을 부탁한 이가 자네인가?"

큰 키에 살도 찌고 발도 큰 승려였다. 주지라고 해서 비단 가사에 불자拂子를 들고 위엄을 부리는 사람일 줄 알았더니 찢어진 삿갓과 지팡이를 든, 비오는 날 민가의 처마 밑에서나 봄 직한 모습이었다.

"예, 바로 이 사람이 부탁을 드렸습니다."

도로쿠가 곤노스케 대신 당 아래에 넙죽 머리를 대고 대답하는 걸로 봐서 분명 주지스님인 듯했다.

"……."

곤노스케도 뭐라 인사를 하고 도로쿠처럼 무릎을 꿇으려고 하자 주지는 계단 아래에 놓여 있던 더러운 짚신을 꿰신고 염주를 들고 앞서 걸어가고 있었다.

"그럼, 대일여래大日如來 님을 뵈러……."

오불당五佛堂과 약사당藥師堂이라고 하는 당탑 사이를 돌아 승방에서 좀 떨어진 곳에 금당金堂과 다보탑多寶塔이 있었는데 나중에 뒤쫓아 온 승려가 물었다.

"열어 드릴까요?"

주지가 눈짓을 하자 승려가 큰 열쇠로 금당의 대문을 열었다.

"앉으시게."

곤노스케와 이오리는 주지의 말에 따라 넓은 가람 안에 앉았다. 위를 올려다보니 불상을 안치한 대좌臺坐에서 한 척이 더 넘는 금빛 대일여래가 천장에서 미소를 머금고 있었다. 본존을 모신 불당 안쪽에서 주지가 가사를 고쳐 입고 나오더니 대좌에 앉아서 낭랑한 목소리로 불경을 외웠다. 방금 전까지는 짚신을 신은 초라한 일개 산승으로밖에 보이지 않았지만 그곳에 앉으니 범접할 수 없을 만큼 위엄이 넘쳐 흘렀다.

곤노스케는 합장을 하고 모친의 모습을 마음속으로 그려 보았다. 그러자 한 조각 흰 구름이 눈가를 스치고 지나가더니 시오지리鹽尻 언덕의 산과 고원의 풀이 보였다. 무사시가 불어오는 바람을 맞으며 칼을 빼 들고 서 있었고, 자신은 봉을 들고 맞서고 있었다. 들판 한가운데 있는 삼나무 아래에 지장보살처럼 우두커니 앉아 있는 노모의 모습이 보였다. 노모의 눈빛은 무척이나 근심스러워 보여 당장이라도 칼과 봉 사이로 뛰어들 것만 같았다. 자식을 근심하는 애정 어린 눈이었다. 그때 노모의 처절한 일성으로 그는 '도모導母의 봉' 일수一手를 깨우칠 수 있었다.

'어머님, 지금도 당신은 그때와 같은 눈빛으로 제 앞날을 근심하며 지켜보고 계실 것입니다. 허나 너무 심려하지 마십시오. 그때의 무사시 님은 다행히 제 청을 받아 주어 가르침을 주고 계시며 저도 아직 일파를 이룰 날은 멀었지만, 지금이 어떠한 난세일지라도 자식의 도리, 세상의 도리에 어긋나는 일은 하지 않겠습니다.'

곤노스케가 이렇게 기원을 올리며 숨을 가누고 있는데 바로 자신의 앞에 우뚝 솟은 대일여래의 얼굴이 불현듯 어머니의 얼굴로 변하더니 그 미소까지 생전의 웃음이 되어 가슴을 파고들었다.

"아……"

문득 정신을 차리고 합장한 손을 내리자 주지는 이미 보이지 않았다. 독경이 끝난 것이다. 곁에 있는 이오리도 우두커니 대일여래의 얼굴을 올려다보며 일어서는 것조차 잊고 있었다.

"이오리."

곤노스케가 불렀다.

"뭘 그리 넋을 잃고 바라보고 있느냐?"

그제야 제정신으로 돌아온 이오리가 말했다.

"글쎄, 대일여래님이 제 누나를 닮은 것 같아요."

곤노스케는 자신도 모르게 껄껄 웃으며 물었다.

"여태껏 만난 적도 없는 네 누이의 얼굴을 어떻게 아느냐? 또 대일여래님의 얼굴처럼 저리 자비로운 얼굴을 가진 사람이 이 세상에 있을 리 없고, 또 절대로 속세에 있을 법한 얼굴도 아니니라."

이오리는 세차게 머리를 가로저었다.

"전 예전에 에도의 야규 님 댁에 심부름 갔다가 밤중에 길을 잃었을 때, 오츠 님을 만난 적이 있어요. 그때 제 누난 줄 알았다면 자세히 봤을 텐데 이젠 생각도 나지 않아요. 그런데 지금 스님이 독경을 외는 동안에 합장하고 있으려니 대일여래님이 누나 얼굴로 변했어요. 정말 저한테 뭐라고 말을 하는 것 같은 얼굴이었어요."

"흐음."

곤노스케는 부정할 수가 없었다. 언제까지나 이곳 금당 안에서 머물고 싶은 기분이 들었다. 산골짜기는 해가 일찍 저물었다. 해는 벌써 고개 너머로 져서 다보탑 꼭대기 위를 떠다니는 물안개가 칠보 구슬을 아로새긴 듯 반짝거리며 저녁놀에 물들고 있었다.

"아아, 비록 보잘것없었지만 돌아가신 어머님께 회향回向을 올리며 참으로 고마운 하루를 보냈구나. 마치 피비린내 나는 속세가 꿈결처럼 여겨지는 듯하다."

저녁놀이 내리는 어둠 너머를 바라보며 두 사람은 언제까지나 툇마루에 걸터앉아 있었다. 어디선가 바스락바스락 낙엽을 쓰는 소리가 났다.

"응?"

오른쪽 절벽을 올려다보니 중턱에 고아한 관월정觀月亭과 사당이 있었고 이끼로 덮여 있는 좁다란 자갈길이 산 위로 이어져 있었다.

고상한 비구니처럼 보이는 나이든 부인이 보였다. 그 옆에는 검소한 무명옷에 소매가 없는 겉옷을 입고 산벚나무 무늬가 수놓인 가죽 버선에 새 짚신을 신은 오십 대로 보이는 후덕한 몸집의 남자가 있었다. 무사나 평민으로도 보이지 않는 남자는 상어 가죽으로 만든 칼집에 작은 칼을 허리에 차고 있었는데 어딘지 품위와 풍격을 느끼게 했다. 남자는 문득 대나무 빗자루를 들고 허리를 폈다. 노부인은 하얀 비단 두건을 쓰고 있었는데 역시 대나무 빗자루를 손에 들고 있었다.

"조금 깨끗해졌구나."

그녀는 쓸고 온 산길이며 벼랑의 여기저기를 둘러보고 있는 듯했다. 그 근방은 사람도 좀처럼 다니지 않을뿐더러 신경을 쓰는 사람도 없는 듯 겨우내 낙엽이나 새들의 뼈가 퇴비처럼 쌓여 있었다.

"어머님, 고단하시지 않으신지요? 해도 저물었고 나머지는 제가 할 테니 그만 쉬시지요."

몸집이 후덕한 남자가 말하자 노부인은 아들의 말을 듣고 오히려 웃으며 말했다.

　"나는 집에서도 늘 일을 한 덕분인지 피곤하지 않지만 너야말로 살이 찌고 이런 일을 한 적도 없으니 손이 거칠어졌겠구나."

　"예, 말씀대로 하루 종일 비를 들고 있었더니 손에 굳은살이 생겼습니다."

　"호호호, 좋은 선물이구나."

　"하지만 덕분에 오늘 하루는 뭐라 말할 수 없을 만큼 상쾌한 마음으로 보냈습니다. 저희 모자의 보잘것없는 공양을 천지신명께서 어여삐 여기신 증표인 듯합니다."

　"오늘도 하룻밤을 더 이곳의 신세를 지게 되었으니 나머지 일은 내일 하기로 하고 슬슬 내려가도록 하자."

　"날이 어두워졌으니 발밑을 조심하십시오."

　아들은 이렇게 말하고 어머니의 손을 잡고 관월정의 샛길을 통해 곤노스케와 이오리가 쉬고 있는 금당 옆으로 내려왔다. 아무도 없을 줄 알았던 저물녘 금당 툇마루에 문득 사람의 그림자가 일어서는 걸 보고 두 사람은 놀란 듯 걸음을 멈추며 물었다.

　"누구?"

　하지만 노부인은 이내 나그네라는 것을 눈치채고 눈가에 부드러운 미소를 지으며 인사를 했다.

　"참배를 드리러 오셨습니까? 오늘도 좋은 하루를 보내셨는지요?"

곤노스케도 정중히 인사를 했다.

"예, 어머님의 공양을 드리고 참배를 하러 왔습니다만 하도 고즈넉한 저녁이어서 어쩐지 마음이 허해졌습니다."

"참으로 효심이 깊은 듯하십니다."

노부인은 그렇게 말하며 이오리를 쳐다보고 물었다.

"착하게 생겼군요. 동생인지요?"

그녀는 이오리의 머리를 쓰다듬으며 자신의 아들 쪽을 돌아다보았다.

"고에쓰, 산에서 먹던 보리과자가 아직 좀 남아 있지 않느냐? 이 아이에게 좀 주려무나."

고금소요

고에쓰라고 불린 노부인의 아들은 소매에서 종이에 싼 과자를 꺼내 이오리에게 주며 말했다.

"먹다 남은 거라 미안하지만 괜찮으면 먹으려무나."

이오리는 손바닥에 받은 채 어찌해야 좋을지 모를 표정으로 곤노스케에게 물었다.

"아저씨, 이거 받아도 괜찮아요?"

"받아도 된다."

곤노스케가 이오리를 대신해서 인사를 하자 노부인이 물었다.

"말하는 걸 들으니 형제는 아니신 듯하군요. 간토 분들 같은데 어디까지 가시는지요?"

"그저 정처 없이 떠돌고 있습니다. 보시는 바와 같이 저희는 형제지간은 아닙니다. 검의 길에 있어서는 나이 차이는 나지만 동문과도 같은 사이입니다."

"검술을 배우십니까?"

"예."

"고생이 많으실 듯합니다. 그럼 스승 되시는 분은 누구신지요?"

"미야모토 무사시라고 하십니다."

"예? 무사시 님?"

"알고 계시는지요?"

노부인이 대답하는 것도 잊은 채 그저 눈을 크게 뜨고 무언지 골똘히 생각에 잠긴 것을 보니 무사시와 모르는 사이는 아닌 듯싶었다.

"흐음……."

그러자 노부인의 아들도 그리운 사람의 이름이라도 들은 것처럼 가까이 다가서며 물었다.

"무사시 님은 지금 어디 계십니까? 또 어찌 지내시는지요?"

고에쓰는 무사시에 대해 이것저것 묻더니 곤노스케가 자신이 알고 있는 한도 내에서 소식을 들려주자 어머니의 얼굴을 마주 보며 고개를 끄덕이곤 했다. 그러자 곤노스케가 물었다.

"한데, 누구신지요?"

"이거 인사가 늦었습니다."

고에쓰는 인사가 늦은 것에 대해 사과를 하며 말했다.

"저는 교토의 혼아미 네거리에 사는 고에쓰라고 합니다. 그리고 이분은 제 어머님이신 묘슈라고 합니다. 무사시 님과는 육칠 년 전에 우연히 알게 되어 친하게 지낸 적이 있는데, 근래에 틈만 있으면 그분의 이야기를 하고 있는 터입니다."

고에쓰는 당시에 있었던 일을 대략 몇 가지 이야기했다. 고에쓰의 이름은 곤노스케도 익히 들어 알고 있었다. 또 무사시와의 친분에 대해서도 초암의 화롯가에서 무사시에게 직접 들은 적도 있었다. 뜻밖의 장소에서 뜻밖의 사람을 만난 것에 대해 곤노스케도 놀라움을 금치 못했다. 그 놀라움 속에는 교토에서 누구나 알아주는 가문 사람인 묘슈와 고에쓰가 무슨 연유로 이런 사람도 찾지 않는 산골 사찰에 와서, 게다가 절의 납자조차 치우지 않는 썩은 나뭇잎 등을 대나무 빗자루를 들고 날이 저물도록 청소를 하고 있는 것일까 하는 의문이 들어 있었음이 틀림없었다.

어느새 어스름한 달이 다보탑의 꼭대기의 물안개 위로 떠올랐다. 길을 가는 행인이라도 붙잡고 싶을 만큼 사람이 그리운 초저녁이었다. 곤노스케는 이대로 헤어지기 아쉬운 마음에 물어보았다.

"두 분은 하루 종일 이곳 산과 벼랑길을 청소하고 계신 듯한데 혹, 인연이 있는 분의 비석이라도 있으신지요? 아니면 여행의 따분함을 달래시려……."

"아닙니다. 그런 것이 아닙니다."

고에쓰는 고개를 저으며 말했다.

"이런 엄숙한 성지에서 따분해서라니요 당치도 않습니다."

곤노스케가 아무것도 모르고 한 말이지만 고에쓰는 그렇게 오해를 받는 것을 크게 두려워하는 것처럼 따분함을 달래려 빗자루를 들고 있었던 것이 아니라고 말했다.

"이 금강사에 처음 오셨는지요? 혹, 이 산의 역사에 대해 스님들께 아무 말씀도 듣지 못했는지요?"

그런 것을 몰라도 무사인 자신의 수치라고 생각하지 않는 곤노스케가 그렇다고 솔직히 말하자 고에쓰가 물었다.

"그렇다면 제가 산승을 대신하여 주워들은 이야기를 들려 드릴까요?"

고에쓰는 주변을 둘러보더니 조용히 이야기했다.

"마침 달빛이 아련히 떠 있으니 여기에서도 그림을 펼친 듯 이 산 위에 있는 묘지, 어영당御影堂, 관월정, 또 저편에 있는 구문지당求聞持堂, 호마당護摩堂, 대사당大師堂, 절의 식당, 니우고야丹生高野 신사, 보탑寶塔, 누문樓門 등을 한눈에 조망할 수 있을 겁니다."

고에쓰는 적막에 둘러싸인 사방을 한 바퀴 손으로 가리키며 다시 말을 이었다.

"보십시오. 저 소나무와 돌, 그리고 한 그루의 나무와 한 포기의 풀도 모두 어딘지 이 나라의 민초들과 같이 굽히지 않는 지조와 전통의 우아함을 지닌 채 이곳을 찾는 이에게 무슨 이야기인가 들려주려 하는 것 같지 않습니까? 저는 초목을 대신해서 그들이 말하고자 하는 것을 들려 드리고자 합니다. 그것은 겐코元弘[6], 겐무建武[7] 무렵부터 쇼헤이正平[8] 시절에 걸친 오랜 난세에 이 산은 때로는 다이토노미야 모리나가大塔宮護良 친왕의 전승을 기원하거나 비밀회의를 하는 장소였습니다. 또 때로는 구스노기 마사시게楠木正成[9]가 충절을 지키는 곳이 되었는가 하면, 교토의 로쿠하라六波羅 반란군들이 대거 공격을 가하는 목표가 되기도 했습니다. 세월이 흘러 아시카가足利 일족이 폭력으로 패권을 잡은 난마亂麻와 같은 시대가 된 후에는 고무라카미後村上 천황이 오도코 산男山에서 탈출하여 이곳저곳을 떠돌아다니신 끝에 이곳 금강사를 행궁으로 삼아 오랫동안 산승이나 다름없는 불편한 생활을 견디시던 곳입니다.

또한 그 이전에 고곤光嚴, 고묘光明, 스코崇光의 세 상황께서 머무르셨을 때에는 수많은 호위무사와 공경 들이 반란군의 습격에 대비해서 산으로 올라왔기 때문에 병마와 군사의 식량은 물론이고 아침저녁으로 상황께 바치는 수라조차 부족할 지경이었습니다. 게다가 상황께서는 절의 식당을 정전正殿으로 삼아서 한겨울에는 불도 피우지 못하고 염천炎天에는 쉬실 곳도 없이 정무를 보셨다고 합니다."

고에쓰는 잠시 숨을 가눈 후 다시 말을 이었다.

---

6 가마쿠라 시대인 1331년부터 1334년까지 고다이고後醍醐 천황대의 연호.

7 겐코元弘 이후인 1334년 1월 29일부터 1336년 2월 19일까지의 기간을 가리키는 연호.

8 무로마치室町 시대의 1346년부터 1370년까지 사용한 연호.

9 가마쿠라 말기부터 무로마치(남북조) 시대에 걸친 무장으로 겐무 시대의 새로운 정부를 세우는 데 큰 공을 세웠다.

"이 부근, 저 식당은 물론이고 마니원摩尼院까지 어느 하나가 그런 유적이 아닌 곳이 없습니다. 이 위에 있는 원院의 묘지도 고곤 법황의 유골을 모셔 놓은 영지라고 전해 내려오고 있지만 아시카가 일족 시절에 울타리는 쓰러지고 썩은 나뭇잎들에 묻혀 황폐해져 버렸기 때문에 오늘 아침부터 어머님과 의논하여 묘지 부근부터 여기저기 청소를 하고 있었던 것입니다. 하긴 이를 두고 소일거리라 한다 해도 할 말이 없지만 말입니다."

고에쓰 그렇게 말하고 미소를 지었다. 곤노스케는 부끄러운 마음이 들어 단정한 자세로 귀를 기울이고 있었고 이오리는 곤노스케보다 더 엄숙한 얼굴로 이야기를 하는 고에쓰의 얼굴을 뚫어지게 바라보고 있었다.

"그러니까 호조 가문에서 아시카가 가문에 걸친 오랜 난세의 시기에 저 돌과 초목 들까지 모두 황실의 혈통을 지키기 위해 싸운 것이군요. 돌은 요새가 되고 나무들은 천황의 수라를 만드는 장작이 되고 풀은 병사들의 이불이 되어……."

고에쓰는 자신의 이야기를 진지하게 들어주는 이야기 상대를 만나 그동안 맺힌 한을 토해 내는 표정으로 적막에 싸인 삼라만상을 올려다보며 말했다.

"아마 당시 이곳에서 초근으로 연명하며 싸우던 천황의 병사 중 한 명, 혹은 항마降魔의 검을 빼 들고 병사들과 함께 싸우던 승병 중 한 명일지 모릅니다. 어제 우리 모자가 묘지 부근부터 산길을 청소를 하고 있는데 수풀 속에 있는 돌에 누군가 이런 노래를 새겨 놓은 것을 발견했습니다.

> 백 년의 싸움도 이루지 못한 봄이 멀기만 하구나
> 세상의 민초여, 시심詩心을 잃지 마시게

　몇 십 년에 걸친 싸움 속에서도 마음의 여유인지, 굳은 호국의 신념인지, 저는 이 노래를 보고 큰 감명을 받았습니다. 일곱 번 다시 태어나도 이 나라를 지키리라 말씀하신 구스노기 공의 마음이 이름도 없는 한 병사에게까지 스며든 듯합니다. 또 그렇게 넓은 마음의 여유가 있었기 때문에 이곳의 당탑은 마침내 백 년 전쟁을 거쳐 지금까지도 여전히 황토荒土 위에 이렇듯 건재하고 있습니다. 참으로 고마울 따름입니다.”

　고에쓰가 말을 맺자 곤노스케는 휴, 하고 숨을 쉬면서 말했다.

　“이곳이 그토록 고귀한 싸움의 유적이라는 것을 처음 알았습니다. 잘 알지도 못하면서 무례했던 것을 용서해 주십시오.”

　고에쓰는 손을 저으며 말했다.

　“아닙니다. 실은 저야말로 사람이 그리웠던 참이라, 어제오늘 울적한 마음을 누군가에게 털어놓고 싶어 견딜 수 없었습니다.”

　“하찮은 질문을 해서 웃으실지 모르지만 고에쓰 님은 이 절에 오래 머무실 것인지요?”

"아마 이번에는 이레쯤 머물 생각입니다."

"불공드리러 오신 건지요?"

"어머님께서 이 부근을 여행하는 것을 좋아하십니다. 저도 이 절에 오면 나라奈良와 가마쿠라 이후의 그림이나 불상, 칠기 같은 여러 명장의 작품을 볼 수 있어서……."

어느새 고에쓰와 묘슈, 곤노스케와 이오리는 어스름한 땅 위에 그림자를 드리우고 금당에서 식당 쪽으로 발길을 옮기고 있었다.

"허나 내일 아침에는 떠날 생각입니다. 혹여 무사시 님을 만나시면 부디 교토의 혼아미 네거리에 들러 달라고 전해 주시길 바랍니다."

"잘 알겠습니다. 그럼 안녕히 계십시오."

"예, 안녕히 가십시오."

그들은 산문 앞의 달빛도 비치지 않는 어둠 속에서 작별했다.

고에쓰와 묘슈는 승방 쪽으로 곤노스케는 이오리와 함께 산문 밖으로 나왔다. 토벽 밖은 해자를 둘러친 듯한 계류가 흐르고 있었다. 그 다리에 다다른 순간, 무언가 하얀 물체가 그늘 속에서 곤노스케의 등 뒤로 달려들었다. 이오리는 고함을 지를 새도 없이 흙다리 위에서 발을 헛딛고 말았다. 물에 풍덩 빠진 순간, 이오리는 벌떡 몸을 일으켰다. 물살은 빠르지만 깊지는 않았다.

'뭐지?'

순식간에 일어난 일이었다. 어떻게 떨어진 건지 자신도 알 수 없었다. 흙다리 위를 쳐다보니 그곳에서는 자신을 밀쳐 버린 하얀 옷을 입은 자가 곤노스케와 대치하고 있었다. 이오리가 다리 아래로 떨어지는 순간에 본 하얀색은 그자의 백의였다.

"앗, 수도승이다."

이오리는 마침내 올 것이 왔구나 생각했다. 무슨 연유인지 엊그제부터 자신들을 따라오던 수도승이었다. 두 사람 모두 봉을 들고 있었다. 수도승이 불시에 기습을 한 순간, 곤노스케가 몸의 위치를 바꾸자 수도승은 다리를 사이에 두고 길가 쪽 입구에 서게 되었고 곤노스케는 산문을 등지고 있었다.

"누구냐?"

곤노스케가 일갈을 하면서 날카로운 목소리로 소리쳤다.

"사람을 잘못 본 게 아니냐?"

"……."

수도승은 사람을 잘못 볼 리가 없다는 태도를 보이며 아무 말도 하지 않았다. 등에는 함을 지고 있어서 민첩해 보이지는 않았지만 땅을 굳게 딛고 서 있는 발은 흡사 나무처럼 조금도 흔들림이 없었다. 곤노스케는 상대가 범상치 않음을 느끼고 기를 모아 봉을 끌어당기며 다시 한 번 외쳤다.

"누구냐? 비겁하다. 이름을 대거라. 아니면 무슨 연유로 이 무소 곤노스케를 공격하였는지 이유를 대거라."

"……."

수도승은 아무 소리도 들리지 않는 듯 당장이라도 달려들 것처럼 불타는 눈으로 노려보고 있었다. 짚신을 신은 발이 지네의 등처럼 조금씩 땅을 스치듯 다가오고 있었다.

"음, 어쩔 수 없군."

곤노스케도 더 이상 참을 수만은 없었다. 곤노스케가 먼저 다가오는 수도승을 향해 달려들었다. 곤노스케의 봉과 수도승의 봉이 육중한 소리를 울리며 맞부딪힌 순간, 수도승의 봉이 두 쪽으로 부러지며 한쪽이 공중으로 날아갔다. 하지만 수도승은 손에 남은 반쪽을 곤노스케의 얼굴을 향해 재빨리 던지더니 곤노스케가 얼굴을 돌린 순간, 허리에 찼던 계도戒刀를 뽑아 제비처럼 달려들려고 했다.

그때 수도승이 앗, 하고 신음을 질렀다. 그의 신음 소리와 이오리가 시내에서 고함을 친 소리는 거의 동시였다. 수도승은 다리 위에서 대여섯 걸음 정도 그대로 길가 쪽으로 재빨리 물러섰다. 이오리가 던진 돌이 그의 얼굴을 명중시킨 것이었다. 자칫하면 왼쪽 눈에 맞을 뻔했다. 수도승은 생각지도 못했던 곳에서 날아온 돌에 치명적인 상처를 입자 당황한 듯 보였다. 그는 그대로 몸을 돌려 절의 토담과 계류를 따라 아랫마을 쪽으로 쏜살같이 달아났다. 기슭으로 올라온 이오리가 돌을 쥐고서 쫓아가려고 했다.

"이오리, 안 된다."

곤노스케가 그렇게 제지하자 이오리는 그가 도망친 어둠 속을 향해 손에 쥐고 있던 돌을 던져 버렸다.

도로쿠의 집으로 돌아온 후에 두 사람은 곧바로 잠자리에 들었지만 둘 다 좀처럼 잠을 이룰 수가 없었다. 밤이 깊어 갈수록 산봉우리에서 몰아치는 비바람 소리가 귓가를 울리기 때문만은 아니었다. 곤노스케는 비몽사몽간에 고에쓰가 들려준 이야기가 끊임없이 머릿속을 맴돌았다. 겐무와 쇼헤이 시절을 떠올리다가 지금의 세상에 대해 생각이 이르렀다.

'오닌의 난부터 무로마치 막부의 붕괴 이후, 노부나가의 시대를 지나 히데요시의 출현과 함께 시대의 추세가 바뀌었다. 그리고 그 히데요시도 죽고 간토와 오사카라는 두 세력이 천하의 패권을 잡기 위해 대립하고 있는 지금, 세상은 언제 터질지도 모르는 전란의 기운으로 가득 차 있다. 그렇다면 지금 세상은 겐무와 쇼헤이 시절과 과연 얼마나 달라진 것일까?'

생각은 꼬리에 꼬리를 물었다.

'호조와 아시카가의 무리가 나라의 근본을 뒤흔들었던 가장 혼탁한 시대에도 구스노기 일족과 존왕무족尊王武族의 제후들 같은 진정한 무사들이 있었지만 지금은 어떠한가? 지금의 무가와 무사도는 어떠한가?'

곤노스케는 의문이 들었다.

'이대로 괜찮은 걸까? 천하의 패권이 노부나가에서 히데요시와 이에야스에게로 숨 가쁘게 넘어가는 것을 지켜보고 있는 동안, 언제부턴가 백성들은 본래 나라의 주인이었던 천황의 존재조차 잊어버리고 민심도 방향을 잃은 듯하다. 무사와 상인과 백성의 본분, 그 모두가 무가의 패권을 위해 존재할 뿐이니, 천황의 백성인 신민臣民의 본분을 잊어버리고 있는 건 아닐까?'

곤노스케는 생각을 가다듬었다.

'세상이 번창해서 사람들의 생활은 윤택해졌지만 나라의 근본은 켄무와 쇼헤이 무렵보다 별로 나아진 것이 없다. 구스노기 공이 헌신한 무사도와 품었던 이상과는 한참 동떨어진 세상이 되었다.'

곤노스케는 몸이 불덩이처럼 뜨거워지는 듯했다. 이 밤에 가와치의 산봉우리들과 금강사의 초목들이 울부짖는 소리가 어쩐지 그러한 심정을 토로하고 있는 듯 들렸다. 이오리도 잠을 이루지 못하기는 마찬가지였다.

'그자는 대체 누굴까?'

수도승의 하얀 옷이 눈앞에 어른거려 자꾸만 마음에 걸렸다.

"무서워."

이오리는 그렇게 중얼거리며 산봉우리 위에서 울부짖는 폭풍우 소리에 이불을 뒤집어썼다. 그렇게 뒤척이다 문득 잠이 든 두 사람은 아침 일찍 눈을 뜨고 말았다.

곤노스케와 이오리가 아침 일찍 떠난다는 이야기를 들은 오안과 도로쿠는 날이 밝기 전부터 아침밥과 도시락을 준비했다. 그리고 두 사람이 떠날 채비를 하고 문밖으로 나서자 이오리에게 종이로 싼 구운 지게미를 따로 주었다.

"먹으면서 가거라."

"신세를 졌습니다. 인연이 있으면 또⋯⋯."

 길을 나서자 산봉우리 위로 무지갯빛의 아침 구름이 보였고 아마노 천에서 뜨거운 김처럼 수증기가 피어오르고 있었다. 그런데 근처 집에서 불쑥 아침 안개를 뚫고 튀어나온 한 행상이 두 사람의 뒤편에서 활기찬 목소리로 말을 걸었다.

"이거, 일찍 떠나시는군요."

끈

곤노스케는 얼굴도 모르는 사내여서 적당
히 인사를 했고 이오리도 어제의 일도 있고 해서 아무 말도 하지 않고
걸어갔다.

"손님들은 간밤에 도로쿠 님 댁에서 묵으셨지요? 그분에게 저도 오
랫동안 신세를 지고 있습니다. 두 분 모두 참 좋은 분들입니다."

두 사람은 사내가 벌써 일행이라도 된 것처럼 다정하게 굴어도 적당
히 흘려듣고 있었다.

"기무라 스케구로 님도 저를 돌봐 주셔서 가끔 야규 성에도 찾아가
곤 합니다."

사내는 쉬지도 않고 이야기를 했다.

"금강사에 참배를 하셨으니 분명 기슈 고야 산에도 올라가실 듯한
데 산길에 구름도 끼지 않았고 길 위의 눈도 전부 녹아서 없어졌으니

올라가시기에 딱 좋은 계절입니다. 오늘은 아마미天見, 기이미紀伊見 등지의 고갯마루를 천천히 넘어서 밤에는 하시모토橋本나 가무로學文路에서 느긋하게 쉬시면 아주 좋을 겝니다."

말 하나하나가 이쪽의 여정을 훤히 꿰뚫고 있는 듯해서 곤노스케는 수상한 생각이 들었다.

"무슨 행상을 하시오?"

"저는 여러 가닥으로 꼰 끈을 팝니다. 이 짐 속에……."

사내는 등에 짊어지고 있는 작은 보따리를 돌아다보며 말했다.

"끈목 견본을 가지고 여러 나라로 주문을 받으러 다닙니다."

"끈 장수구만."

"도로쿠 님의 연줄로 금강사의 신자들도 많이 소개를 받았습니다. 실은 어제도 여느 때처럼 도로쿠 님 댁에 신세를 질 생각으로 들렀는데 두 분이 머무르고 계시다며 근처 다른 집에 신세를 지라고 하셔서 술을 빚는 다른 집에서 신세를 졌던 것입니다. 그렇다고 두 분을 원망하는 것은 아닙니다만 도로쿠 님 댁에 묵으면 항상 좋은 술을 대접해 주시기 때문에 사실은 잠자리보다 그것을 은근히 기대하고, 하하하."

사내의 말을 듣고 보니 의심스러운 점은 없는 것 같았다. 곤노스케는 오히려 사내가 부근의 지리나 풍속을 잘 알고 있는 것을 다행으로 여기고 후에 공부가 될 듯하여 길과 지리를 물어보거나 하며 함께 걸어갔다.

그렇게 아마미의 고원에 이르러 기이미 고갯마루에서 고야 봉우리가 눈앞에 보일 무렵이었다. 누군가 뒤에서 부르는 사람이 있었다. 뒤를 돌아보니 사내와 같은 행색을 한 행상이 뛰어오더니 숨을 헐떡이며 말했다.

"스기조杉藏, 너무 하지 않나. 오늘 아침 떠날 때 부른다고 해서 아마노 촌 입구에서 기다리고 있었는데 아무 말도 없이 혼자 떠나다니."

"겐스케源助로군. 미안하게 됐네. 도로쿠 님 댁의 손님과 함께 오느라 그만 깜빡 잊어버렸네. 하하하."

그는 뒤통수를 긁적이더니 곤노스케를 보면서 웃었다.

"무사님과 이야기를 하느라……."

끈 장사를 하는 행상답게 두 사람은 얼마나 팔았느니 끈의 시세에 대해 한참 이야기하다가 갑자기 걸음을 우뚝 멈췄다.

"이거 위험하군."

오래전에 큰 지진으로 땅이 갈라진 낭떠러지에 통나무 두 개가 걸쳐져 있었다.

"왜 그러시오?"

곤노스케가 두 사람 뒤로 다가가서 물었다.

"여기 통나무 다리가 부서져서 흔들거리고 있습니다."

"벼랑의 토사 때문인가?"

"그 정도는 아닙니다. 눈이 녹으면서 돌이 무너져 내린 것을 그냥 내버려 둔 탓입니다. 지나다니는 사람들을 위해 흔들리지 않도록 할 테니 잠시 쉬면서 기다리시지요."

두 사람은 서둘러 낭떠러지 옆에서 몸을 굽히더니 걸쳐 놓은 두 개의 통나무 끝에 돌을 끼우고 흙으로 쌓아 다지고 있었다.

곤노스케는 속으로 착한 사람들이라고 생각했다.

"아저씨, 돌을 더 가져올까요?"

이오리도 두 사람이 좋은 일을 하는 것을 보고 근처에 있는 돌을 날라다 주었다. 낭떠러지는 상당히 깊었다. 들여다보니 두 길 이상은 되는 듯싶었다. 고원이어서 그런지 바닥에는 물은 흐르지 않았지만 암석과 관목으로 뒤덮여 있었다.

"이만하면 된 것 같네."

겐스케가 통나무 다리 끝에 올라서서 발을 굴러 보더니 곤노스케를 보며 먼저 건너간다고 말했다. 그는 몸의 중심을 잡으며 깡충깡충 뛰어 건너편으로 재빨리 건너갔다.

"자, 건너가시지요."

남아 있던 스기조가 권하자 곤노스케와 함께 이오리도 다리 위로 올라섰다. 그렇게 대여섯 걸음을 옮겨 낭떠러지 한가운데 이르렀을 때였다.

"앗?"

"아니!"

이오리와 곤노스케는 갑자기 고함을 치며 서로의 몸을 얼싸안은 채 그 자리에 멈춰 서고 말았다. 앞서 건너간 겐스케가 풀숲에 미리 준비해 두었던 창을 꺼내 들더니 다리를 건너오는 곤노스케를 향해 창끝을 겨누고 있었던 것이다.

'도적인가?'

두 사람은 가슴이 섬뜩해져서 뒤를 돌아다보자 뒤에 있던 스기조도 어디서 가져왔는지 똑같이 창을 들고 곤노스케와 이오리를 위협하고 있었다.

'아차!'

곤노스케는 자신의 실수를 깨닫고 당황한 표정으로 입술을 깨물었다. 앞에도 창, 뒤에도 창이었다. 두 개의 통나무가 낭떠러지 위에서 두 사람의 몸을 지탱하고 있었다.

"아저씨! 아저씨!"

이오리는 그렇게 외치면서 곤노스케의 허리를 부여잡고 있었다. 곤노스케는 이오리를 감싸면서 목숨을 하늘의 뜻에 맡길 수밖에 없다고 생각한 듯 감고 있던 눈을 다시 뜨더니 외쳤다.

"비겁한 도적놈들!"

그러자 어디선가 굵은 목소리가 들렸다.

"닥쳐라!"

목소리의 주인공은 두 사람을 사이에 두고 창을 겨누고 있는 겐스케나 스기조도 아니었다.

"응?"

곤노스케가 건너편 벼랑 위를 올려다보니 왼쪽 눈두덩이가 시퍼렇게 멍이 들어 부어오른 수도승의 얼굴이 보였다. 그 멍은 어제 금강사의 계천에서 이오리가 던진 돌에 맞은 자국이었다.

"당황하지 마라."

곤노스케는 이오리에게 다정하게 말할 때와는 달리 마치 다른 사람처럼 다리 양쪽을 극도의 적의를 품은 눈으로 노려보며 소리쳤다.

"바로 네놈의 농간이었구나. 비열한 도적놈들! 사람을 잘못 보고 아까운 목숨을 잃지 말거라."

곤노스케와 이오리를 양쪽에서 노리고 있는 자들은 아까부터 창끝을 겨눈 채 위험한 다리 위로는 한 발도 내딛지 않고 침묵을 지키고 있었다. 손 하나 까딱할 수 없는 낭떠러지 위의 다리에서 소리치는 곤노스케의 모습을 수도승은 한쪽 벼랑 위에서 차가운 눈빛으로 바라보다 소리쳤다.

"도적이라니, 우리가 푼돈도 되지 않을 네놈들 노자나 노리는 줄 아느냐? 그런 좁은 소견으로 어찌 은밀히 적지에 숨어든단 말이냐!"

"뭐라? 은밀하게라고?"

"간토의 첩자."

수도승은 큰 소리로 꾸짖었다.

"먼저 봉을 버리고 허리에 찬 칼도 버려라. 그리고 두 손을 뒤로 해서 얌전히 우리 거처까지 따라오너라."

"아아."

곤노스케는 크게 한숨을 쉬더니 싸울 투지를 잃은 듯 말했다.

"잠깐, 방금 그 한마디로 비로소 의문이 풀렸소. 무슨 오해가 있는 듯하오. 나는 간토에서 온 사람은 맞지만 결코 첩자가 아니오. 수행을 하며 여러 나라를 떠돌아다니는 무소 곤노스케라는 사람이오."

"시끄럽다. 변명을 해도 소용없다. 자신이 첩자라고 떠들고 다니는 자가 세상에 어디 있더냐."

"아니오. 오해요."

"지금에 와서 그런 말은 듣고 싶지 않다."

"정말 그렇게까지 해야겠소?"

"네놈을 포박한 후에 물을 것이 있다면 묻겠다."

"아무 이득도 없는 살생은 하고 싶지 않소. 그러니 나를 첩자라고 여기는 그 까닭을 말하시오."

"수상한 사내가 동자 한 명을 데리고 에도 성의 군학가인 호조 아와노가미의 밀명을 받고 가마가타 쪽으로 몰래 떠났다고 간토에 있는 아군에게서 첩지가 왔다. 더욱이 이곳에 오기 전, 야규 효고나 그의 가신들과 은밀히 접촉을 한 것까지 보았다."

"모두가 오해에 불과하오."

"잔말 말고 순순히 따라오너라. 그 후에 네놈이 하고 싶은 말이 있다면 얼마든지 하거라."

"어디로?"

"가 보면 알 것이다."

"만약 가지 못하겠다면?"

그러자 다리 양쪽을 막고 있던 스기조와 겐스케가 한 발 앞으로 다가서더니 창끝에서 빛을 발하며 소리쳤다.

"찔러 죽이겠다."

"어림없는 소리."

곤노스케는 그렇게 말하고 옆에 끼고 있던 이오리의 등을 손바닥으로 탁 하고 떠밀었다. 간신히 발로 밟고 건널 수 있을 정도의 폭밖에 없는 두 개의 통나무 위에서 이오리는 몸을 기우뚱하더니 비명을 지르며 두 척이 넘는 낭떠러지 아래로, 마치 자신이 뛰어내린 것처럼 떨어지고 말았다. 바로 그 순간, 곤노스케는 고함을 지르며 봉을 치켜들더니 한쪽의 창을 향해 온몸을 내던지듯 달려들었다. 창이 창으로서의 기능을 다하려면 찰나의 시간과 가까운 거리가 필요하다. 스기조는 찰나를 놓치지 않고 고함을 지르며 창을 뻗었지만 허공을 찌르고 말았다. 그 순간, 스기조는 온몸으로 달려든 곤노스케와 뒤엉켜 엉덩방아를 찧고 말았다. 곤노스케의 봉은 왼손에 쥐어 있었다. 스기조가 급히 일어서려는 순간, 고노스케의 오른 주먹이 스기조의 얼굴을 강타했다.

"으악!"

스기조의 얼굴에서 피가 뿜어져 나왔다. 그의 얼굴은 흡사 한가운데가 움푹 들어간 것처럼 보였다. 곤노스케는 그 얼굴을 발로 밟고 도약을 하더니 고원의 평지 위로 내려서서 소리쳤다.

"덤벼라!"

곤노스케가 사지에서 벗어났다고 생각하며 봉을 다른 자에게 겨눈 순간, 진짜 사지가 그를 기다리고 있었다. 근처 풀밭에서 휙 하는 소리와 함께 두세 개의 끈들이 날아왔다. 곧바로 날아온 끈의 한쪽에는 칼날이 매어져 있었고 다른 한쪽에는 단검이 묶여져 있었다. 추 대신 매단 듯싶었다. 기세 좋게 날아온 끈들이 곤노스케의 발목과 목 언저리를 휘감았다. 동료인 스기조가 당한 것을 보고 재빨리 다리를 건너온 겐스케와 수도승을 향해 봉을 겨눈 곤노스케의 손목에도 끈이 넝쿨처럼 친친 감겼다.

"앗!"

거미줄에서 도망치려는 벌레처럼 곤노스케는 본능적으로 날뛰었지만 대여섯 명의 사내들이 우르르 달려들어 허우적거리는 곤노스케를 덮치더니 손과 발을 묶어 버렸다.

"과연 만만한 놈이 아니군."

사내들이 곤노스케에게서 떨어져 땀을 닦고 있을 때에는 이미 곤노스케는 밧줄로 온몸이 꽁꽁 묶인 채 땅바닥에 엎어져 있었다.

곤노스케의 양손과 몸을 몇 겹으로 붙들어 맨 끈은 이 부근에서, 아니 근래에는 먼 지방까지 널리 알려진 히라우치히모平打紐이라고 하는 무명으로 꼰 질긴 끈이었는데 구도 산九度山 끈 혹은 사나다眞田 끈이라고도 불리고 있었다. 이 끈을 파는 행상을 어디에서나 볼 수 있을 만큼 널리 팔리고 있는 끈이었다. 방금 풀 속에서 불시에 나타나 곤노스케를 묶어 놓고 서로 얼굴을 쳐다보는 예닐곱 명의 사내들도 모두 이 끈을 팔러 다니는 행상 차림이었는데 수도승 차림의 사내만이 행색이 달랐다.

"할 말은 없느냐?"

수도승이 사내들에게 이렇게 소리치더니 다시 물었다.

"구도 산까지 끌고 가는 것도 번거로우니 말 등에 붙들어 맨 후 거적을 뒤집어씌우고 끌고 가는 게 좋을 듯하지 않느냐?"

"그게 좋겠습니다.

"요 앞 아마미 촌까지 가면……."

사내들은 곤노스케를 재촉해서 급히 어딘가로 데리고 갔다. 얼마 후, 낭떠러지 바닥에서 차가운 바람이 불 때마다 사람의 소리가 고원의 하늘로 날아올랐다. 낭떠러지 아래로 떨어진 이오리가 외치는 소리였다.

끝

잠행

　　　　　　　　새가 우는 소리는 우는 장소와 듣는 장소에 따라 다르게 느껴지고, 또 사람의 마음에 따라 다르기 마련이다. 고야의 숲 깊은 곳에 있는 삼나무에는 천상의 새라는 가릉빈가迦陵頻伽의 울음소리가 울려 퍼지고 있었다. 여기에서는 때까치나 직박구리같이 모든 새들도 가릉빈가의 울음소리처럼 여겨졌다.

"누이노스케縫殿介."

"예."

"무상하구나."

미오迷悟의 다리라고 불리는 홍예다리 위에 서 있던 늙은 무사가 젊은 시종인 누이노스케를 돌아보았다. 어느 시골의 늙은 무사로밖에 보이지 않는 그는 손으로 짠 투박한 무명으로 지은 겉옷과 통이 넓고 주름이 잡힌 바지를 입고 있었다. 그래서인지 허리에 찬 멋있는 칼이

도드라져 보였다. 그리고 시종인 누이노스케란 젊은이도 기골이 장대했고 여느 시종들과 달리 어릴 적부터 예의범절을 익힌 티가 났다.

"오다 노부나가 공과 아케치 미쓰히데明智光秀 공의 묘지, 또 이시다 미쓰나리石田三成 님과 긴고 주나곤金吾中納言 님의 이끼로 뒤덮인 오래된 비석에는 미나모토源 가의 사람들로부터 다이라平가의 사람들까지. 보았느냐? 아아, 헤아릴 수 없이 많은 이들이 이끼에 묻혀 있구나."

"이곳에는 적도 아군도 없는 것 같습니다."

"모두가 적막한 하나의 돌에 지나지 않는구나. 우에스기上杉나 다케다武田와 같은 이름도 한낱 꿈과 같구나."

"이상한 기분이 듭니다."

"어떤 심경이냐?"

"어쩐지 세상사가 모두 존재하지 않는 허상과 같은⋯⋯."

"이곳이 허상이드냐, 세상이 허상이드냐?"

"잘 모르겠습니다."

"누가 붙였는지 오지원奧之院과 외원外院의 경계인 이곳을 미오의 다리라고 하더구나."

"이름을 잘 지은 듯합니다."

"나는 미혹도 실實이고 깨달음도 진眞이라고 생각한다. 허상이라고 생각하면 이 세상은 없는 것과 다를 바 없으니 말이다. 주군께 목숨을 바치고 있는 봉공 무사에게는 무상한 마음이 추호라도 있어서는 안 될 것이다. 나의 선禪은 그러기에 활선活禪이고 사바娑婆의 선이며 지옥의 선이다. 무상함에 떨며 세상을 혐오하는 마음이 있어서는 어찌 무사 봉공을 할 수 있겠느냐."

늙은 무사는 걸음을 옮기며 앞장을 섰다.

"나는 이쪽으로 건너가겠다. 자, 본래의 세상으로 서두르자."

나이에 비해 그의 발걸음은 당당하고 힘찼다. 목덜미에는 투구를 썼던 듯한 자국이 보였다. 이미 산 위의 명소나 아름다운 당탑을 모두 둘러보고 오지원 참배도 끝낸 듯 그는 곧바로 산 아래로 내려가는 길에 접어들었다.

"으음, 나와 있군."

늙은 무사가 산을 내려가는 길 입구의 대문까지 오자 멀리서 그렇게 중얼거리며 이맛살을 찌푸렸다.

거기에는 본산의 청엄사靑嚴寺의 방주부터 스무 명이 넘는 젊은 제자들이 양쪽으로 줄을 지어 선 채 기다리고 있었다. 늙은 무사를 전송하기 위해서였다. 하지만 늙은 무사는 그런 번거로움을 피하기 위해 오늘 아침에 떠날 때, 금강봉사金剛峰寺에서 모두에게 작별 인사를 끝낸 터였다. 그런데 여기서 또 많은 사람들이 전송을 하러 나온 것을 보자 호의는 감사하게 생각했지만 잠행을 하고 있는 몸으로서 달갑지 않게 여겨졌다.

늙은 무사는 그들에게 감사의 인사를 하고 구십구곡九十九谷이라는 계곡을 눈 아래로 바라보며 내리막길에 접어들었다. 비로소 그의 마음도 홀가분해졌다. 또 그가 말하는 이른바 사바선이나 지옥선을 필요로 하는 속세의 냄새와 마음의 번뇌도 어느새 돌아와 있었다.

"아니, 당신들은?"

산길 모퉁이를 돌자 몸집이 크고 피부가 하얀 젊은 무사가 그들을 보더니 깜짝 놀란 눈으로 쳐다보았다. 늙은 무사와 누이노스케는 자신들을 알아보는 목소리에 깜짝 놀라 발을 멈추고 물어보았다.

"누구시오?"

"구도 산에 계신 아버님의 명으로 온 사람입니다."

젊은 무사는 정중히 인사를 한 후에 말했다.

"만약 사람을 잘못 보았다면 용서하십시오. 길가에서 이렇듯 실례인 줄 알지만 혹시 부젠의 고쿠라에서 오신 호소가와 다다토시 공의 가신이신 나가오카 사도 님이 아니신지요?"

"아니 어떻게 나를?"

늙은 무사는 자못 놀란 듯했다.

"이런 곳에서 나를 알아보는 그대는 대체 누구시오? 내가 나가오카 사도이오만."

"역시 사도 님이셨군요. 제 소개가 늦었습니다. 저는 이곳 구도 산에 은거하고 계시는 겟소月叟의 아들인 다이스케大助라고 합니다."

"겟소?"

다이스케는 사도가 기억이 나지 않는 표정을 짓자 그의 눈썹을 바라보며 말했다.

"아버님은 예전에 버리신 이름입니다만, 세키가하라 전투가 있을 때까지는 사나다 사에몬노스케眞田左衛門佐라는 존함을 지니고 계셨던⋯⋯."

사도는 깜짝 놀라며 외쳤다.

"그러면 사나다 님, 아니 그 유키무라幸村 님 말이오?"

"예."

"그대가 그분의 아들이오?"

"예⋯⋯."

다이스케는 늠름한 체구에 어울리지 않게 부끄러워하는 얼굴로 말했다.

"오늘 아침, 아버님의 거처에 들르신 청암사 스님께 사도 님이 산에 오셨다는 사실을 들었었습니다. 잠행 중이시라는 말씀은 들었지만 다른 분도 아닌 사도 님께서 이곳을 지나가시는데 아무 대접도 못 하고 그냥 보내드리는 것은 도리가 아니시라며 변변치 않지만 차라도 한 잔 올리고 싶으시다고 아버님께서 말씀하셨습니다. 그래서 이렇게 마중을 나온 것입니다."

"이런 기연이 다 있군."

사도는 기억을 더듬는 듯하더니 누이노스케를 돌아다보며 물었다.

"일부러 이렇듯 마중까지 나왔는데, 어떻게 하면 좋겠느냐?"

"글쎄 어떻게 해야 할지⋯⋯."

누이노스케가 명쾌하게 대답하길 꺼리는 듯하자 다이스케가 거듭 청했다.

"혹시 괜찮으시면, 아직 해도 많이 남아 있지만, 하룻밤 머물러 주신다면 그보다 더 큰 광영이 없을 듯합니다. 또 아버님께서도 더없이 기뻐하실 것입니다."

한참 생각에 잠겨 있던 사도는 이윽고 마음을 정한 듯 고개를 끄덕이며 말했다.

"그러면 신세를 지도록 하세. 하룻밤 묵어갈지는 그때 정하기로 하고. 누이노스케, 좌우지간 차나 한잔하도록 하자."

"예, 알겠습니다."

두 사람은 넌지시 눈을 맞추고 다이스케의 안내를 받으며 걸어갔다. 얼마 가지 않아 구도 산의 마을이 보였고 마을의 민가에서 조금 떨어진 야트막한 산의 여울을 따라 석축을 쌓아 올리고 섶나무 울타리를 둘러친 집 한 채가 있었다. 흡사 토호가 산 위에 지은 저택처럼 보였는데 울타리와 대문도 낮게 지어 풍아함을 잃지 않았다. 은사隱士의 집이라는 말을 들어서 그런지 어딘지 고아한 운치가 느껴졌다.

"문 앞에 아버님이 나와 기다리고 계십니다. 저 초가입니다."

다이스케가 손으로 가리키고는 거기서부터 손님의 뒤에서 따라갔다. 토벽 울타리 안에는 아침저녁 국거리에 쓰이는 듯한 나물이나 파 같은 채소가 밭에 심어져 있었다. 절벽을 등에 지고 있는 안채의 객실에서는 저 멀리 구도 산의 민가 지붕들이 보였다. 굽은 툇마루 옆에는 푸른 대나무 숲이 여울물 소리를 품고 있었고 그 너머에도 주거가 있는 듯 두 채의 집이 어렴풋이 보였다.

사도는 안내를 받아 고아한 방 안에 들어가 앉아 있었고 누이노스케는 툇마루 방 끝에 무릎을 꿇고 앉아 있었다.

"참으로 고즈넉하군."

사도는 중얼거리며 방의 구석구석을 바라다보았다. 주인인 유키무라와는 토벽의 문 안으로 들어설 때 이미 만났다. 그러나 안내를 받아 여기로 온 후로 아직 인사는 나누지 않은 상태였다. 손님 앞에 격식을 차리고 나올 요량인 듯했다. 다이스케의 아내인 듯한 여인이 공손히 차를 가져와서 놓고 물러갔다.

꽤 오래 기다리고 있었지만 초조하지는 않았다. 주인이 없는 동안에도 객실에 있는 모든 물건들이 손님을 위로해 주고 있었다. 정원 너머의 아득한 풍경, 어디 있는지 보이지는 않지만 졸졸거리며 흐르는 여울물 소리, 초가지붕의 처마 끝에 피어 있는 화초까지 사도의 눈과 마음을 즐겁게 해 주었다.

또 사도의 주변에는 이렇다 할 화려한 세간은 없었지만 삼만 팔천 석의 우에다^{上田} 성의 성주인 사나다 마사유키^{眞田昌幸}가 차남이어서 그런지 은은히 풍겨오는 향목^{香木}의 향기도 민간에서는 볼 수 없는 것이었다. 기둥은 가늘고 천정은 낮았는데 초벽질만 한 거친 벽의 마루에 놓여 있는 화병에는 배꽃 가지가 하나 꽂혀 있었다.

'이화일지춘대우^{梨花一枝春帶雨}……'

사도는 백거이의 시구를 떠올렸다. 〈장한가^{長恨歌}〉 중에서 양귀비와 한왕^{漢王}이 소리 없이 흐느끼는 울음이 들리는 듯한 심경이었다. 그런데 문득 벽에 걸려 있는 일련의 글자가 눈에 들어왔다. 다섯 글자가 한 행을 이루고 있었다. 굵은 필치와 짙은 먹으로 단숨에 써 내려간 글은 대담하면서도 어딘지 순진무구한 면모를 띠었는데 '풍국대명신豊國大明神'이라고 씌어 있었다. 그리고 그 큰 글자 옆에 작게 '히데요리가 여덟 살에 쓰다秀賴八歲書'라고 적혀 있었다.

사도는 그것을 향해 등을 돌리고 앉아 있던 자신을 저어하며 앉았던 자리를 조금 옆으로 옮겼다. 향목도 손님을 위해 급히 준비한 것이 아니라 조석으로 이곳을 정화하고 신주神酒를 올릴 때마다 피운 것이다. 그리고 그 향이 장지와 벽에 스민 것이 분명했다.

"하하하, 과연 소문대로 유키무라의 마음은 역시 그러하구나."

사도는 짚이는 데가 있었다.

'구도 산의 덴신 겟소轉心月叟, 사나다 유키무라야말로 결코 방심해서는 안 되는 인물이로다. 바람과 구름처럼 언제 어떻게 변할지 모르는 사내이자 깊은 못 속에 잠겨 있는 용이구나.'

사도는 세간의 소문에도 귀를 기울여야겠다고 생각하며 그의 속내를 헤아리고 있었다.

'유키무라는 어찌 일부러라도 숨겨야 할 것을 마치 손님이 보기를 바란 듯이 눈에 띄는 곳에 걸어둔 것일까? 다른 대덕사의 족자라도 걸어 두었더라면 좋았을 것을……'

그때 마루를 밟으며 걸어오는 사람의 기척에 사도는 눈길을 돌렸다. 아까 문 앞에서 말없이 맞아 준 몸집이 작고 마른 사내가 소매가 없는 겉옷에 짧은 단검 하나를 차고 공손한 자세로 사죄했다.

"자식 놈을 보내 가시는 길을 만류하여 이렇듯 청한 것을 용서하십시오."

이곳은 은사隱士의 한택閑宅이었고 주인은 낭인이었다. 본래 사회적인 지위는 개의치 않는 주객 사이라고는 하지만, 손님인 나가오카 사도는 호소가와 번의 노신이었다.

지금은 덴신 겟소라고 이름까지 바꿨지만 주인인 유키무라는 사나다 마사유키의 직계 아들이었고 그의 친형인 노부유키信幸는 현재 도쿠가와 쪽 제후 중 한 사람이었다. 그런 유키무라가 지나치리만큼 허리를 맞춰 공손히 인사를 하자 사도는 매우 당황했다.

"황송합니다. 고개를 드십시오."

사도는 황망히 같이 절을 하며 말했다.

"뜻하지 않게 이리 뵙게 되었습니다. 늘 이야기는 듣고 있었지만 건강하신 모습을 보니 기쁘지 그지없습니다."

유키무라는 사도에게 편히 앉기를 권하며 말했다.

"사도 님께서도 여전한 듯하십니다. 얼마 전 다다토시 공께서 에도에서 무사히 고향으로 돌아가셨다는 소식을 듣고 멀리서나마 기쁘게 생각하고 있었습니다."

"올해는 마침 다다토시 님의 조부이신 유사이 공께서 산조구루마초三条車町의 별장에 은둔하신 지 삼 년째가 되시는 해여서……."

"벌써 그리 되었군요."

"이제 어느덧 저도 유사이 공, 산사이 공, 그리고 지금의 다다토시 공, 이렇게 삼대의 주군을 섬기는 골동품이 된 듯합니다."

이렇듯 어느 정도 이야기가 격의 없는 데까지 이르자 주객 사이에서도 웃음소리가 들리고 이윽고 세상을 등진 한택의 주객처럼 보였다. 마중을 나왔던 다이스케는 처음 알게 된 손님이었지만 유키무라와 사도는 오늘이 초면이 아닌 듯했다. 요모 산四方山 이야기를 하던 중에 유키무라가 물었다.

"요사이 화상을 만나셨는지요? 묘심사妙心寺의 구도 화상愚堂和尙 말입니다."

"전혀 소식을 듣지 못하고 있습니다. 그렇지, 유키무라 님을 처음 뵌 것이 구도 화상의 선실이었군요. 부친이신 마사유키 님을 섬길 때였지요. 저는 묘심사 경내의 춘포원春浦院을 건립하라는 주군의 명을 받고 당시 빈번히 방문을 했었지요. 이거, 참으로 오래전의 일입니다. 유키무라 님도 그때는 아주 젊으셨지요."

사도가 지난날이 그리운 듯 추억하자 유키무라도 맞장구를 쳤다.

"그 무렵에는 자주 구도 화상의 방에 모였었지요. 화상도 제후와 낭인, 노소의 차별 없이 대해 주셨지요."

"특히 세상의 낭인과 젊은이를 사랑하셨지요. 화상께서 자주 하시던 말씀 중에 부랑자는 낭인이 아니다. 진정한 낭인이란 가슴속에 고뇌를 품고 굳건한 의지와 절개를 지닌 자다. 진정한 낭인은 명리를 구하지 않고 권력에 아첨하지 않고, 세상에 임해서는 정사를 사사로이

다루지 않고, 의義에 임해서는 사심이 없으며 몸은 흰 구름과 같이 표묘縹渺하고 행동은 비와 같이 빠르며, 그리고 검소함의 즐거움을 알고 불평을 하지 말라며…….”

“잘 기억하고 계시군요.”

“하지만 그런 진정한 낭인은 창해의 구슬처럼 흔치 않다고 자주 한탄을 하셨지요. 그러나 한편으로는 지난 역사를 되돌아보면 국난이 닥쳤을 때 사심 없이 자신의 몸을 초개처럼 던져 나라를 구한 이름 없는 낭인이 얼마나 되는지 모르며, 땅속에 묻힌 그런 무수한 이름 없는 낭인들의 백골이 이 나라를 떠받치는 기둥이 되고 있다고도 하시며 과연 지금의 낭인들은 어떠한가, 라고 말씀하셨지요.”

사도는 그렇게 말하며 유키무라의 얼굴을 의도적으로 똑바로 쳐다보았다. 유키무라가 시치미를 떼듯 말했다.

“그렇습니다. 그 이야기를 들으니 문득 생각이 납니다. 그 무렵 구도 화상의 슬하에 있던 사람 중에 사쿠슈 낭인인 미야모토 아무개라는 연소한 자가 있었는데, 노신께서는 기억하고 계신지요?”

“사쿠슈 낭인인 미야모토라면?”

사도는 유키무라의 질문을 그대로 되뇌며 물었다.

“무사시를 말하시는 것이 아닌지요?”

“맞습니다. 무사시, 미야모토 무사시라고 했습니다.”

“어찌 그러시는지요?”

“당시는 스무 살이 채 되지 않은 나이였지만 어딘가 중후한 풍모가 있었고 늘 때 묻은 옷을 입고 구도 화상의 선실 구석에 와 있었는데."

"아니, 그 무사시가 말입니까?"

"기억이 나셨는지요?"

"아뇨, 아닙니다."

사도는 고개를 저으며 말했다.

"제가 그를 마음에 두게 된 것은 최근의 일로 그것도 에도에 있던 때였습니다."

"지금 에도에 있습니까?"

"실은 주군의 명도 있고 해서 은밀히 찾고는 있지만 도무지 어디에 있는지 알 수가 없습니다."

"구도 화상이 무사시를 두고 큰 인물이 될 것이라고 말하신 일이 있어서 저도 은밀히 지켜보고 있었는데 홀연히 사라진 뒤, 몇 해가 지나 일승사 소나무 시합에서 그의 이름을 소문으로 전해 듣고, 역시 화상의 눈이 정확하다고 생각하고 있었습니다."

"저 역시 그런 무명武名과는 달리 에도에 있을 무렵, 시모사의 호텐가하라라는 곳에서 보기 드물게 토민들을 가르치고 황무지를 개간하고 있는 낭인이 있다는 말을 들었지요. 만나고 싶은 마음에 찾아보았더니 이미 그곳을 떠났고, 후에 그가 미야모토 무사시라는 낭인이었다고 들었습니다. 그리고 그 이름을 아직도 마음에 담아 두고 있습니다."

"그런 사내가 화상이 말하는 진정한 낭인, 이른바 창해의 구슬이었을지도 모릅니다."

"유키무라 님께서도 그렇게 생각하십니까?"

"구도 화상의 이야기를 하다 문득 생각이 났는데 마음 한구석에 담아 둘 만한 점이 있는 사내인 듯합니다."

"실은 그 후에 저도 주군이신 다다토시 공에게 천거했지만 그 창해의 구슬을 좀처럼 만나기 어렵군요."

"무사시라면 저도 천거해도 좋다고 생각합니다."

"그렇지만 그런 인물이면 벼슬이나 녹봉보다 자신이 품은 일에 정진할 것이 분명할 것입니다. 어쩌면 호소가와가보다 구도 산으로부터의 부름을 기다리고 있을지도 모르겠습니다."

"예?"

"하하하."

사도는 이내 웃음을 그쳤지만 유키무라에게 한 그의 말은 부주의하게 내뱉은 말이 아니었다. 나쁘게 말하면 주인의 속내를 더듬어보려고 잠시 선수를 친 것인 듯했다.

"별 농담을 다 하십니다."

유키무라도 웃음으로 넘겨 버릴 수만은 없다는 듯 말했다.

"지금은 젊은 인재 한 명도 품을 수 없는 몸인데 어찌 제가 이름을 떨치고 있는 낭인들을 구도 산에 맞아들일 수 있겠습니까? 더구나 그런 인재들이 오려고 하지 않을 것입니다."

유키무라는 궁색한 변명에 지나지 않는다는 사실을 알면서도 이렇게 덧붙이자 사도는 그 틈을 놓치지 않았다.

"이거 숨기고 계시는 일이라도 있는 듯합니다. 세키가하라 전투에서 호소가와가는 동군에 가세하여 도쿠가와 쪽과 반대편이라는 것은 이미 천하가 알고 있습니다. 또 유키무라 님께서는 돌아가신 태합님의 유자인 히데요리 공과 기미 님이 유일한 자신의 편이라며 의지하는 분이라는 사실 역시 세상에 널리 알려진 일입니다. 방금 전에도 문득 마루에 걸려 있는 족자를 보았는데 평소의 마음가짐을 잘 알 수 있었습니다."

사도는 히데요리가 쓴 글을 돌아보면서 공적으로는 서로 반대편에 서 있지만 지금은 사적인 자리라는 듯 가슴을 열고 그렇게 말했다.

"그렇게 말씀하시니 어디 쥐구멍이라도 들어가고 싶은 심정입니다."

유키무라는 사도의 말이 뜻밖이라는 듯 다소 성가신 듯한 표정으로 말했다.

"히데요리 공의 그 어서御書는 태합님의 영정이라 생각하라며 오사카 성에 있는 분이 특별히 내려 주신 물건으로 소홀히 다룰 수 없어 걸어 놓은 것입니다. 태합께서도 돌아가신 지금으로서는……."

유키무라는 고개를 숙인 채 잠시 목소리를 가다듬고 말을 이었다.

"허나 변해 가는 세상은 꼭 그렇지도 않은 듯합니다. 오사카의 앞날이 어떻게 될지, 간토의 위세가 어디까지 갈지, 어느 누구의 눈으로 보더라도 그 시류는 이미 정해진 듯합니다. 그렇다고 해서 급작스레 지조를 굽히고 두 군주를 섬길 수도 없는 이 가련한 유키무라의 말년을 비웃어 주십시오."

"유키무라 님은 그렇게 말하셔도 세상은 그렇게 여기지 않습니다. 조금 더 솔직히 말씀드린다면 요도{淀} 님이나 히데요리 님께 해마다 막대한 자금을 은밀히 바치시고, 이 구도 산을 중심으로 유키무라 님이 손을 들어 올리면 오륙 천의 낭인이 무기를 들고 모일 것이라고 합니다."

"하하하, 터무니없는 말입니다. 사도 님, 자신의 능력 이상으로 높이 평가되는 것만큼 괴로운 일은 없을 것입니다."

"허나 세상이 그렇게 여기는 것도 무리가 아닙니다. 젊었을 무렵부터 태합님을 가까이에서 모시며 유독 신임을 받으시지 않으셨습니까? 더욱이 사나다 마사유키가 차남 유키무라야말로 당대의 구스노기이자 제갈공명이라고 하며 눈여겨보고 계시는 만큼……."

"그만하시지요. 그런 말을 들을 때마다 황송할 따름입니다."

"그렇다면 제가 잘못 들은 것인지요?"

"제가 바라는 것은 남은 여생 이 산기슭에 뼈를 묻고 풍류는 즐기지 못하더라도 하다못해 밭이라도 늘리고 손자를 보며 가을에는 메밀, 봄에는 나물을 맛보고 피비린내 나는 이야기나 전쟁 소식은 멀리하며 오래 살고 싶습니다."

"흐음, 진정이십니까?"

"근래 틈이 나면 노자와 장자의 서책 등을 읽고 있는데, 세상을 즐기는 것이 인생이지 즐기지 못하는 것을 어찌 인생이라 할 수 있는가를 깨달았습니다. 천박하게 생각하실지 모르지만……."

"그렇습니까?"

사도는 그의 말을 믿지 않았지만 감탄했다는 표정을 지어 보였다. 어느새 반 시간이 지났다. 그사이에 몇 번인가 다이스케의 아내인 듯한 여인이 들어와서 조심스레 차를 따르고 물러갔다. 사도는 다과상의 보리강정을 하나 집어 들며 말했다.

　"대접을 받으며 괜스레 쓸데없는 말만 늘어놓은 건 아닌지 모르겠습니다. 누이노스케, 슬슬 일어서는 것이 좋을 듯하구나."

　사도가 툇마루 쪽을 돌아보며 말하자 유키무라가 만류했다.

　"잠시만 기다리시지요. 며느리와 아들놈이 지금 저쪽에서 메밀을 반죽해서 국수를 만들고 있는 모양입니다. 산간이라 변변히 대접할 것도 없지만 아직 해도 높이 떠 있고 가무로^{掌文路}에서 묵으실 생각이시면 아직 시간도 넉넉하니 잠시 동안은……."

　그때 다이스케의 목소리가 들렸다.

　"아버님, 자리를 옮기시지요."

　"다 되었느냐?"

　"네."

　"자리도?"

　"저쪽에 마련해 놓았습니다."

　"알겠다. 자, 그럼……."

　유키무라는 손님을 재촉하더니 복도를 따라 앞서 걸어갔다. 사도도 그의 호의에 흔쾌히 뒤를 따라갔다. 그런데 문득 뒤쪽 대나무 숲 건너편에서 이상한 소리가 들렸다. 그 소리는 베틀 소리처럼 들렸지만 그보다는 음량이 컸고 음향도 달랐다. 대나무 숲 앞에 있는 뒤편 객실에 주인과 손님을 위해 메밀국수와 술병이 준비되어 있었다.

"변변치 않습니다."

다이스케가 젓가락을 권하면서 말했다. 사람을 별로 접한 적이 없는 듯한 며느리가 술을 따랐다.

"한 잔 따르겠습니다."

"술은……."

사도는 술잔을 치우며 젓가락을 메밀국수 쪽으로 향했다.

"이것이 좋겠군."

그러자 다이스케와 며느리도 더 이상 권하지 않고 자리에서 물러갔다. 그사이에도 대나무 숲 쪽에서 베틀 소리를 닮은 소리가 연신 들려오자 사도가 물었다.

"저것은 무슨 소리인지요?"

유키무라는 그제야 그 소리가 손님의 귀에 거슬린다는 것을 처음으로 깨달은 듯 말했다.

"아, 저 소리 말입니까? 부끄럽지만 생계를 꾸리기 위해 가족들과 하인들이 작업장에서 노끈을 만들기 위해 나무 수레를 돌리는 소리입니다. 지금 끈을 찧는 나무 수레를 움직이는 중이라서 소리가 요란합니다. 저희들 직업이기도 하고 아침저녁으로 늘 듣는 소리라 익숙하지만 사도 님과 같은 손님에게는 귀에 거슬릴 것입니다. 속히 일러 나무 수레를 멈추도록 하겠습니다."

유키무라가 며느리를 부르려 하자 사도가 만류했다.

"아니, 그러실 필요는 없습니다. 생계가 걸린 일을 방해해서는 오히려 제가 송구스럽습니다. 마음 쓰지 마십시오."

이곳 뒤편 객실은 안채의 가족들이 있는 곳에서 가까운 듯 드나드는 사람들의 목소리나 부엌에서 나는 소리, 어딘가에서 돈을 세는 소리 등이 들려 먼저 있었던 별실과는 분위기가 아주 달랐다.

'흐음? 이렇게 하지 않으면 생계를 꾸려나갈 수 없을 만큼 어려운 처지일까?'

사도는 의아한 생각이 들었지만 오사카 성에서 보내 주는 공물 등이 전혀 없다면 쇠락한 다이묘의 말로가 바로 이럴 것이라는 생각이 들기도 했다. 가족이 많고 농사에도 익숙지 않으면 수중에 있는 물건을 팔아서 먹고사는 것도 한계가 있을 것이었다. 사도는 이런저런 생각을 하며 메밀국수를 먹기 시작했다. 국수의 맛도 도무지 가늠할 수 없는 유키무라라는 사내를 닮은 듯했다.

'속을 알 수 없는 사내⋯⋯.'

십 년 전쯤, 구도 화상의 슬하에서 알게 되었을 때의 인상과는 어딘지 확연히 달라져 있었다. 자신이 혼자 그를 가늠하기 위해 애를 쓰고 있는 동안에도 유키무라는 자신과 잡담을 나누면서 호소가와가의 속내와 근황 등을 더듬고 있을지도 몰랐다.

'그는 이쪽의 의도를 알아내려는 질문들은 전혀 하지 않았다.'

무엇보다 유키무라는 사도가 무슨 일로 고야 산에 왔는지조차 물어

보려 하지 않았다. 본래 사도의 이번 산행은 군주의 명이었다. 고인인 호소가와 유사이 공은 태합 도요토미 히데요시가 살아 있을 때, 그를 모시고 청엄사에 온 일이 있었는데 산 위에서 오래 머물면서 노래책을 저술하며 여름을 보낸 적도 있었다. 그래서 청엄사에는 그때 유사이 공이 직접 쓴 서물이나 문방사우와 같은 유물이 그대로 놓여 있었다. 사도는 그것을 정리해서 받아가기 위해 이번 삼 년째 되는 기일을 앞두고 부젠의 고쿠라에서 일부러 온 것이었다. 그런데 유키무라는 그런 것조차 물어보지 않았다. 다이스케가 말한 대로 자신의 집 앞을 지나가는 손님에게 차 한잔을 대접하고자 하는 마음뿐인 듯했다.

아까부터 툇마루 끝에서 정좌를 하고 있던 누이노스케는 안으로 들어간 주인의 신상이 불안하기만 했다. 겉으로 아무리 환대를 하고 있어도 여기는 적의 집이었다. 도쿠가와가에 있어서는 아무리 주의를 해도 모자라지 않을 인물로 간주하고 있는 자의 집이었다. 그래서 도쿠가와가가 기슈의 영주 아사노 나가아키라淺野長晟에게 구도 산의 감시를 명했다는 소식도 들은 바가 있고, 또한 상대가 빈틈이 없는 거물인 유키무라였던 만큼 애를 먹고 있다는 소문도 일찍이 들었다.

'이쯤에서 돌아가시는 것이 좋을 텐데.'

누이노스케는 마음을 졸이고 있었다. 이 집에 어떤 위험이 도사리고 있는지도 모르고 혹, 그렇지 않다 해도 감시를 하고 있는 아사노가에서 호소가와가의 노신이 잠행 중에 이곳에 들렀다고 보고하면 도쿠가와가의 심중을 훼손할 것이었다. 간토와 오사카는 그 정도로 일촉즉발과 같은 사이였다.

'사도 님이 그것을 모르지 않으실 텐데.'

누이노스케는 속을 태우며 온통 신경을 안쪽에 쏟고 있었다. 그런데 문득 툇마루 옆에 있는 개나리와 황매화 꽃이 크게 흔들리더니 어느 틈엔가 먹물을 풀어 놓은 듯 어두워진 하늘에서 빗방울이 툭툭 떨어졌다. 누이노스케는 마침 잘됐다는 듯 복도를 내려와 정원을 따라 사도가 있는 방 쪽으로 가서 외쳤다.

"주군, 비가 쏟아질 듯하니 떠나시려면 지금이 좋을 듯합니다."

조금 전부터 일어나지 못하고 있던 사도는 눈치가 빠른 녀석이라고 생각하며 바로 대답했다.

"아, 누이노스케구나? 비가 올 듯하다고? 비가 많이 오기 전에 그만 가도록 하자."

사도가 인사를 하고 서둘러 일어서자 유키무라는 하다못해 하룻밤 묵어가길 청하고 싶었지만 그들의 마음을 알아차렸는지 굳이 만류하지는 않고 다이스케와 며느리를 불렀다.

"손님에게 도롱이를 내어 드리거라. 그리고 다이스케는 가무로까지 배웅을 하거라."

"예."

다이스케가 도롱이를 가지고 오자 사도는 그것을 입고 대문을 나섰다. 센조가타니千丈ヶ谷 기슭과 고야 산의 봉우리에서 구름이 빠르게 몰

려오고 있었지만 비는 그다지 많이 내리지 않았다.

"그럼, 안녕히 가십시오."

유키무라와 가족들이 문가에서 손님을 배웅하며 말하자 사도도 정중하게 인사를 하며 유키무라에게 말했다.

"언젠가 또 비가 오든 바람이 불든 다시 뵐 날이 있겠지요. 그럼, 건승하시길……."

유키무라는 빙긋 웃으며 고개를 끄덕였다.

'언제고 다시…….'

두 사람은 서로 말 위에서 긴 창을 들고 마주할 모습을 머릿속에 그려 보며 이렇게 중얼거린 듯했다.

그렇게 떠나보내는 주인과 떠나가는 객의 도롱이 위로 가는 봄을 애달파 하는 흔적처럼 담장 너머 살구꽃이 비에 젖어 아련히 물들고 있었다. 다이스케는 말없이 그들을 함께 걸으며 문득 생각날 때마다 한마디씩 했다.

"그리 많이 내리지 않을 듯싶습니다. 이곳은 늦봄 이 무렵이면 하루에 한 번씩 꼭 저리 먹구름이 빠르게 지나가곤 합니다."

비구름에 쫓겨 걸음을 재촉해 가무로의 여인숙 입구 부근까지 온 그들은 맞은편에서 달려오는 말 한 필과 백의를 입은 수도승과 맞닥뜨렸다. 짐말의 등에는 거적이 씌워져 있었는데 끈으로 친친 동여맨 사내를 안장 위에 붙들어 매고는 양쪽에서 장작 다발로 고정시켜 놓고 있었다. 앞쪽의 수도승과 행상 차림을 한 사내 두 명이 뛰어오고 있었

미야모토 무사시 9_무無의 장

는데 그중 한 명이 고삐를 쥐고 다른 한 명은 가는 대나무를 들고 말의 엉덩이를 때리면서 재촉하고 있었다.

다이스케는 그들과 마주친 순간, 시선을 돌리며 일부러 나가오카 사도를 보며 말을 걸었지만 그것을 눈치채지 못한 수도승이 다이스케를 불러 댔다.

"아니, 다이스케 님."

그럼에도 다이스케는 여전히 듣지 못한 척 딴청을 부렸지만 사도와 누이노스케는 이상하다는 표정으로 곧 발길을 멈췄다.

"다이스케 님, 누가 부릅니다."

"아, 린쇼林鐘 스님. 어디 가십니까?"

다이노스케가 어쩔 수 없이 아는 체하며 물어보았다.

"기미紀彙 고개에서 곧장 이리로 왔는데 바로 저택으로 가려고 합니다."

그는 그렇게 서서 큰 소리로 이야기를 시작했다.

"일전에 말씀하신 수상쩍은 간토의 사내를 나라奈良에서 발견하고 겨우 기미 산에서 사로잡았습니다. 예사 놈이 아니었는데 겟소 님께 끌고 가서 조사를 하면 이자의 입에서 간토 쪽 기밀들을 알 수……."

그대로 잠자코 있으면 묻지도 않은 말까지 떠들어 댈 듯하자 다이노스케가 그의 말을 가로막으며 말했다.

"여보시오, 스님. 무슨 말씀이오? 나는 도무지 무슨 말을 하는지 모르겠소이다."

"말 위를 보십시오. 저 말 등에 붙들어 맨 자가 바로 간토의 첩자입니다"

"에이, 바보 같으니!"

다이스케는 이미 모든 것이 탄로 났다는 표정으로 듯 큰 소리로 호통을 쳤다.

"길가에서, 더구나 내가 모시고 가는 손님이 누군지 알고 하는 소리요? 부젠 고쿠라의 호소가와가의 노신이신 나가오카 사도 님이시오. 장난이 너무 지나친 것 아니오!"

"옛?"

린쇼는 그제야 시선을 다른 곳으로 향했다. 사도와 누이노스케는 못 들은 척 다른 곳을 둘러보고 있었는데 그사이에 빠르게 몰려온 구름이 머리 위를 지나가고 있었다. 비를 품은 바람이 불어 델 때마다 사도가 입고 있는 도롱이는 흡사 백로의 깃털처럼 바람에 부풀어 올랐다.

'저자가 호소가와가의?'

린쇼는 입을 다물고 사뭇 의외라는 듯 놀라며 의심에 찬 눈으로 곁눈질을 하다가 작은 목소리로 다이스케에게 물었다.

"어찌?"

둘이 잠시 뭐라고 속삭이다가 다이스케가 곧 사도가 있는 곳으로 돌아오자 그것을 기회로 사도가 그에게 말했다.

"그만 이쯤에서 돌아가십시오. 이 이상 폐를 끼치기가 죄송스럽습니다."

사도는 인사를 하고 그렇게 억지로 다이스케와 헤어져 사라졌다. 다이스케는 어쩔 수 없이 멍하니 선 채 그들의 뒷모습을 바라보다가 말과 린쇼에게 눈길을 돌리더니 소리쳤다.

"이런 아둔한 인간! 사람과 장소를 가려가면서 말을 해야 할 것 아니냐. 아버님의 귀에라도 들어가면 그냥 넘어가지 않으실 게다."

"그런 줄도 모르고……."

린쇼는 면목이 없다는 듯 사죄를 했는데, 그는 바로 사나다의 가신인 도리우미 벤조鳥海辯藏라는 자로 이 부근에서는 모르는 사람이 없었다.

사카이
항구

'내가 미친 걸까?'

이오리는 가끔 그런 두려움에 사로잡히곤 했다. 물웅덩이를 보면 으레 제 얼굴을 비춰 보고는 자신의 얼굴을 알아보자 마음을 놓곤 했다. 어제부터 줄곧 걷고 있었지만 어디로 가고 있는지 도무지 갈피를 잡을 수 없었다. 낭떠러지를 기어 올라온 후로 계속 걸었다.

"덤벼라!"

이오리는 갑자기 발작하듯 하늘을 향해 소리를 지르다가 힘이 빠지면 땅을 노려보다가 팔꿈치로 눈물을 훔쳤다.

"제기랄."

그리고 곤노스케를 불렀다.

"아저씨."

이오리는 이미 그가 이 세상 사람이 아닐 거라고 여겼다. 함정에 빠져 죽었을 거라고 생각했다. 그 근처에 흩어져 있던 곤노스케의 물건 들을 보고 그렇게 확신했다.

"아저씨, 아저씨……."

아무 소용이 없는 줄 알면서도 정이 많은 이오리는 그렇게 불러 보지 않을 수 없었다. 어제부터 줄곧 걷기만 했음에도 피곤한 줄 몰랐다. 발과 귀의 언저리와 손에 피가 묻어 있었다. 옷도 찢겨져 있었지만 전혀 개의치 않았다.

"여긴 어디지?"

가끔 제정신이 돌아오는 때는 배고픔을 느낄 때뿐이었다. 무언가 먹기는 했지만 무엇을 먹었는지 잘 기억이 나지 않았다. 그저께 밤에 묵었던 금강사나 혹은 그 전에 있던 야규 장원을 떠올리면 갈 곳이 있을 텐데 이오리는 통나무 다리 이전의 기억을 떠올리지 못했다. 막연히 살아 있다는 생각만 들고 느닷없이 외톨이가 된 자신은 앞으로 어떻게 살아가야 하는지 알 수가 없어 무턱대고 걷고 있는 듯했다. 갑자기 무지개처럼 푸드득거리며 눈앞을 가로질러 가는 것이 있었다. 꿩이었다. 등나무 향기도 났다. 이오리는 자리에 주저앉아 다시 한 번 생각했다.

'여긴 어딜까?'

이오리는 문득 의지할 것을 발견했다. 대일여래의 미소였다. 대일여래는 구름 저편, 또 산봉우리와 골짜기까지 어느 곳에나 계시는 것처럼 여겨졌다. 이오리는 산 위 풀밭에 털썩 주저앉아 두 손을 모았다.

'제 갈 길을 가르쳐 주십시오…….'

한동안 눈을 감고 있던 이오리가 얼굴을 들자 산들 사이로 저 멀리 푸르스름한 안개처럼 바다가 아련히 보였다.

"꼬마야."

아까부터 이오리의 뒤에 서서 의아한 눈길로 바라보고 있던 부인이 말을 건넸다. 그 부인 옆에 한 사람이 더 있었는데, 두 사람은 모녀지간인 듯 모두 간편한 여행 차림이었다. 남자 시종은 없는 듯했다. 근처 지방에 사는 양갓집 사람처럼 보였는데 신사에 참배를 드리러 가는 길이거나 절에 불공을 드리러 가는 길인 것 같았다. 그도 아니면 봄날 여행을 떠나온 것처럼도 보였다.

"왜요?"

이오리는 고개를 돌려 부인과 딸의 얼굴을 물끄러미 바라보았는데 여전히 얼이 빠진 눈빛이었다. 딸이 어머니를 보고 속삭였다.

"어떻게 된 걸까요?"

부인은 고개를 갸우뚱거리다 이오리 곁으로 다가와서 손과 얼굴에 묻은 피를 보더니 눈살을 찌푸리며 물었다.

"아프지 않니?"

이오리가 얼굴을 가로젓자 딸을 돌아보며 말했다.

"말귀는 알아듣는 모양이구나."

부인이 어디서 왔는지, 고향은 어디이고 이름은 무엇인지 묻더니 도대체 이런 곳에 앉아서 무엇을 빌고 있었는지 물었다. 그러자 이오리는 그제야 겨우 평소의 모습을 되찾은 듯 대답했다.

"기미 고개에서 같이 있던 사람이 살해당했어요. 그리고 저는 낭떠러지 아래에서 기어 올라와 어제부터 어디로 가야 할지 몰라서 대일여래님에게 빌고 있었더니 저쪽에 바다가 보였어요."

처음에는 께름칙하게 여기던 딸도 이오리의 이야기를 듣고 나서는 오히려 어머니보다 더 동정을 했다.

"어머, 불쌍하게도. 어머니, 사카이堺까지 데리고 가요. 나이도 적당하니 가게에서 일해도 되지 않겠어요?"

"그러면 좋겠지만 이 아이가 따라올까?"

"얘, 같이 갈 거지?"

이오리는 응, 하고 대답했다.

"그럼 같이 가자. 대신 이 짐 좀 들어 줄래?"

"응."

아직은 어색한 듯 일행이 되어 같이 걸어가면서도 이오리는 무엇을 물어도 그저 '응'이라는 말밖에 하지 않았다. 하지만 그것도 오래가지 못했다. 산을 내려와 이윽고 기시와다岸和田 마을에 다다랐다. 아까 이오리가 산에서 본 바다는 이즈미和泉 포구였던 것이다. 사람들이 많은 거리를 걸어가는 동안 이오리는 모녀와의 동행에 익숙해졌다.

"아줌마, 아줌마 집은 어디예요?"

"사카이란다."

"사카이는 이 근처예요?"

"아니, 오사카 근처."

"오사카는 어디쯤이에요?"

"기시와다에서 배를 타고 돌아가는 거란다."

"배로요?"

이오리에게 그 말은 뜻밖의 기쁨이었다. 그는 기쁨에 겨워 묻지도 않은 말까지 떠들기 시작했다. 에도에서 야마토까지 오는 동안, 강을 건널 때 나룻배는 몇 번 탔지만 바다 배는 아직 타 본 적이 없고, 자신이 태어난 시모사에 바다는 있지만 배를 탄 적은 없기 때문에 배를 탄다면 정말 좋겠다는 등 잠시도 쉬지 않고 입을 놀렸다.

"이오리야."

딸은 어느새 그의 이름을 기억하고 있었다.

"자꾸 아줌마라고 부르면 이상하니 어머님을 마님이라고 부르고 나는 아가씨라고 불러야 해. 이제부터 습관을 들여놓지 않으면 안 되니까 말이야."

"응."

이오리가 고개를 끄덕였다.

"그리고 '응'이라고 하는 것도 이상해. 앞으론 '예'라고 해."

"예."

"그래그래, 너 참 착한 애구나. 가게에서 일을 잘하면 나중에 가게에서 높은 사람으로 만들어 줄게."

"아줌마 집은, 아니 마님 댁은 무엇을 하는 곳이에요?"

"사카이에서 선박 운송을 한단다."

"선박 운송요?"

"너는 잘 모르겠지만 많은 배를 가지고 주고쿠中國, 시고쿠四國, 규슈九州의 다이묘 님들의 물건도 나르고 짐을 잔뜩 싣고 항구마다 들르는 상인이란다."

"뭐야, 상인이었잖아."

이오리는 갑자기 두 사람을 업신여기는 것처럼 그렇게 중얼거렸다.

"상인이잖아, 라고? 그게 무슨 말버릇이니?"

딸은 어처구니가 없다는 듯 어머니를 쳐다보다가 다시 이오리를 흘겨보며 말했다.

"호호호, 상인이라고 하니까 떡장수나 그렇지 않으면 기껏해야 포목점 정도로 생각하는 모양이구나."

부인은 오히려 애교로 받아들였지만 딸은 미리 말해 두지 않으면 직성이 풀리지 않을 것 같은 얼굴로 사카이 상인의 자부심에 대해 이야기했다.

그녀의 선박 운송 가게는 사카이의 도진마치唐人町 해안에 있는데 미토마에三戸前 창고와 몇 십 척의 배를 가지고 있다고 했다. 또 가게는 사카이뿐 아니라 나가토長門의 아카마가세키赤間ヶ關에도 있고 사누키讚岐의 마루가메丸龜와 산요山陽의 시카마飾磨 항구에도 있다고 했다. 그중에서도 고쿠라의 호소가와가의 특별한 배려로 번의 일과 항로를 독점하면서 호소가와가의 이름이 새겨진 칼도 받았다고 했다. 또한 아카마가세키의 고바야시 다로자에몬小林太郎左衛門이라고 하면 주고쿠와 규슈까지 그 이름이 널리 알려져서 모르는 사람이 없다며 자랑을 늘어놓았다.

"상인이라고 해서 다 같은 상인인 줄 아니? 선박 운송이라는 건 막상 전쟁이라도 터지면 사쓰마薩摩 님이나 호소가와 님도 번의 배만으로는 턱없이 부족하단다. 그래서 평소에는 그저 도매상에 지나지 않지만 전쟁이 나면 큰 역할을 한다고."

고바야시 다로자에몬의 딸인 오쓰루는 분통을 터뜨리며 열변을 토했다. 부인은 딸의 어머니이자 다로자에몬의 아내로 이름은 오세이勢라고 했다. 그 말을 들은 이오리는 자신이 말을 조금 심하게 했다는 마음이 들었는지 눈치를 보며 말했다.

"아가씨, 화났어요?"

그러자 오쓰루와 오세이가 웃으면서 말했다.

"화가 난 건 아니지만 너 같은 우물 안 개구리가 너무 건방지게 말하니까 그런 거야."

"죄송해요."

"가게에는 직원이나 젊은 사람도 많고 ,또 배가 닿으면 뱃사람과 짐꾼 들이 많이 드나든단다. 그런 건방진 소리를 했다가는 혼쭐이 날 게다."

"예."

"호호호, 건방진 줄 알았더니 순진한 면도 있구나."

오쓰루는 이오리를 귀여운 장난감처럼 취급했다. 길을 돌아가자 바다 냄새가 얼굴에 물큰 풍겨 왔다. 기시와다의 부둣가였다. 이 지방의 특산물을 실은 오백 척의 배가 그곳에 정박해 있었다.

"저걸 타고 돌아갈 거야."

오쓰루는 손으로 가리키며 이오리에게 가르쳐 주면서 자랑하듯 말했다.

"저 배도 우리 거란다."

그때 근처 주막에서 그들의 모습을 발견한 서너 명의 사내들이 달려와서 인사를 했다. 고바야시 가게의 일꾼과 사공 들인 듯했다.

"오셨습니까?"

"기다리고 있었습니다."

"공교롭게 짐이 많아서 자리는 넓지 않지만 저쪽에 준비를 해 놓았으니 어서 그리 가시지요."

그들이 앞장서서 안내한 곳으로 가 보니 뱃머리 근처에 장막을 쳐놓고 붉은 양탄자를 깔아 놓았다. 그리고 배 안이라고는 여겨지지 않을 만큼 금과 은가루로 무늬를 넣은 술병과 진수성찬 등이 마련되어 있었다.

그날 밤, 배가 무사히 사카이 항구에 닿자 오세이와 오쓰루는 배가 닿은 강의 어귀 바로 맞은편에 있는 큰 저택 안으로 들어갔다.

"안녕히 다녀오셨습니까?"

"일찍 당도하셨습니다."

"오늘도 날씨가 좋아서 다행이었습니다."

그들은 마중 나와 있는 늙은 지배인과 젊은 사람들을 지나쳐 안으로 걸어 들어갔다.

"참, 사베."

부인은 가게 안쪽의 어간장지에서 늙은 지배인인 사베를 돌아다보며 말했다.

"저기 서 있는 애 말이오."

"예, 함께 온 지저분한 아이 말씀입니까?"

"기사와다로 오는 도중에 만난 아이인데 똑똑한 듯하니 가게에서 써 보시게."

"어쩐지 이상한 아이를 데려오셨다고 생각했더니 길에서 만난 아이이군요."

"이라도 있을지 모르니 누가 옷을 내주고 우물에서 목욕을 시킨 뒤에 재우도록 하게."

어간장지에서는 긴 장막이 쳐져 있었는데 그 안쪽은 마치 무가의 저택처럼 안과 바깥의 구별이 있어서 지배인이라고 해도 허가 없이는 들어갈 수 없었다. 하물며 길에서 데려온 아이에 불과한 이오리는 그 날 밤부터 가게의 한쪽 구석에서 지내게 되었는데 그로부터 며칠이 지나도 부인과 오쓰루의 얼굴을 볼 수가 없었다.

"왠지 거북스런 집이야."

이오리는 도움을 받은 일보다 상가의 관습이 모두 불편하고 불만투

성이었다. 젊은 사람들부터 늙은 지배인까지 마치 자신이 이곳에 일을 배우러 온 것처럼 여기며 이걸 해라, 저걸 해라 하며 강아지처럼 부르며 일을 시켜 댔다. 그런데 그들은 주인집 가족이나 손님에게는 머리가 땅에 닿도록 굽실거렸다. 또 그들은 자나 깨나 돈 이야기와 일 이야기만 하며 하루 종일 일에 쫓기고 있었다.

"정말 싫어. 도망칠까?"

이오리는 몇 번이나 생각했다. 푸른 하늘이 그리웠다. 맨땅에서 자며 맡았던 풀냄새가 그리웠다.

싫다, 도망칠까, 하는 생각이 드는 날이면 이오리는 마음을 수양하는 방법을 얘기해 주던 스승인 무사시와 헤어진 곤노스케가 하염없이 그리워졌다. 그리고 얘기만 들었지 아직 만나지 못한 누나인 오츠도 보고 싶었다. 하지만 그렇게 그리워하는 날과 밤이 있는가 하면, 어린 마음에 이곳 사카이 항구가 지닌 현란한 문화와 이국적인 거리, 선박의 색채와 사람들의 호사스런 생활에 호기심도 생겼다.

'이런 세계도 있었구나.'

이오리는 크게 놀라면서 눈앞의 세계를 마음속으로 동경하거나 꿈꾸며 하루하루를 보내고 있었다.

"어이, 이오!"

계산대에서 늙은 지배인 사베가 부르고 있었다. 이오리는 넓은 봉당과 창고를 비로 쓸고 있었다.

"이오!"

대답이 없자 사베는 계산대에서 일어나 느티나무 재목이 옻칠을 한 것처럼 검게 변한 상점 앞 마룻귀틀까지 나와서 호통을 쳤다.

"이놈, 부르는데 왜 안 오는 게냐?"

이오리가 뒤를 돌아다보며 물었다.

"나요?"

"말버릇이 그게 뭐냐? 저라고 해야지."

"예."

"'예'가 아니라 '네'라고 하거라. 허리도 굽히고."

"네."

"넌 귀가 없느냐?"

"있어요."

"그런데 왜 대답을 하지 않느냐?"

"이오, 라고 불러서 제가 아닌 줄 알았어요. 난, 아니 제 이름은 이오 리예요."

"이오리라고 하면 도제徒弟의 이름 같지 않으니 이오가 났다."

"그런가요?"

"지난번에도 내가 그렇게 하지 말라고 했는데 또 그 이상한 걸 꺼내 서 허리에 차고 있구나. 그 나무 장작 같은 칼 말이다."

"네."

"그런 걸 허리에 차고 있으면 안 된다. 상가의 머슴이 칼 같은 것을 차다니. 바보 같은 녀석."

"……"

"이리 내놔라."

"……"

"뭐가 불만이냐?"

"이건 아버지 유품이라 그럴 수 없어요."

"이놈, 내놓으라고 하지 않느냐!"

"저는 상인 따윈 되지 않아도 좋아요."

"상인 따위라고? 이놈아, 상인이 없으면 세상은 돌아가지 않는다. 노부나가 공이 훌륭하고 태합님이 어떠니 해도 만약 상인이 없었다면 아무것도 하지 못했을 게다. 또 외국의 수많은 물건도 들여오지 못하고 말이다. 그중에서도 사카이 상인은 남만南蠻, 루손呂末, 푸저우福州, 아모이厦門 들과 큰 무역을 하고 있단 말이다."

"알고 있어요."

"어떻게 알고 있느냐?"

"마을로 보면 아야초綾町, 기누초絹町, 니시키초錦町 같은 곳엔 큰 포목점이 있고, 다카다이高台에는 루손의 성 같은 별실이 있고, 해변에는 나야슈納屋衆라는 큰 부자들의 저택과 창고가 늘어서 있어요. 그걸 생각하면 마님이나 아가씨가 자랑을 늘어놓던 이 상점도 그리 대단한 건 아니에요."

"이놈이!"

사베가 봉당으로 뛰어내리자 이오리는 비를 내던지고 도망을 쳤다.

"어이, 저 꼬마를 잡아라. 어서 빨리!"

사베가 처마 아래에서 소리쳤다.

"아, 이오다!"

강가에서 짐꾼들에게 일을 시키고 있던 상점 사람들이 이오리를 둘러싸서 붙잡은 후에 상점 앞에 끌고 왔다.

"정말 골칫거리구나. 욕을 하질 않나, 우리들을 우습게 여기질 않나. 오늘은 혼을 좀 내주거라."

사베는 발을 닦고 계산대에 앉았다가 다시 말했다.

"그리고 이오가 차고 있는 그 작대기 같은 걸 빼앗아 여기다 갖다 놓아라."

상점의 젊은 자들은 우선 이오리의 허리에서 칼을 빼앗고는 손을 뒤로 묶어서 상점 앞에 잔뜩 쌓여 있는 짐짝 하나에 원숭이 새끼처럼 묶었다.

"여기서 사람들의 놀림거리가 되어 보거라."

그들은 그렇게 말하고는 웃으면서 돌아갔다. 이오리는 부끄러움을 가장 중히 여기고 있었고 스승인 무사시나 곤노스케에게 평소에 부끄러움을 알아야 한다는 말을 들어왔었다. 그런데 이런 꼴을 남들에게 보이자 이오리는 피가 거꾸로 치솟는 듯했다.

"풀어 줘!"

그렇게 외쳐도 소용이 없자 이오리는 갑자기 빌기 시작했다.

"다신 안 그럴게요."

그래도 용서해 주지 않자 이번에는 욕을 해 대기 시작했다.

"바보, 멍청이 노인네. 이런 집에 있고 싶지 않으니 어서 밧줄을 풀고 칼을 돌려줘!"

그러자 사베가 다시 오더니 이오리 입에 천을 밀어 넣었다.

"시끄럽다!"

이오리가 그의 손가락을 꽉 물고 늘어지자 사베는 젊은이를 불러서 말했다.

"입을 동여매라."

이오리는 아무 소리도 낼 수 없었다. 길을 가던 사람들이 모두 바라보며 지나갔다. 특히 이곳 강어귀와 도진마치의 강가는 배를 타는 사람들이나 짐꾼과 행상을 하는 여자들의 왕래가 빈번한 곳이었다.

이오리는 재갈이 물린 채 신음 소리를 내며 몸부림을 치고 머리를 버둥거리다가 마침내 눈물을 뚝뚝 흘리고 말았다. 그 옆에서 짐을 실은 말이 흥건히 소변을 보았다. 소변의 거품이 이오리 쪽으로 흘러왔다. 이오리는 속으로 칼도 차지 않고 건방진 소리도 하지 않을 테니 밧줄만 풀어 주기를 바랐지만 입 밖에 내지 않았다.

그때였다. 이미 한여름에 가까운 무더위에 여자들이 쓰는 삿갓을 쓰고 가느다란 대나무 지팡이를 들고 삼베옷을 짧게 걷어 올린 여인이 짐말 맞은편으로 지나가고 있었다.

'응? 앗!'

이오리의 눈이 금방이라도 튀어나올 듯 그 여인의 하얀 옆얼굴로 향했다. 가슴이 철렁하고 내려앉더니 온몸이 달아오르면서 정신이 멍해지는 것 같았다. 그러나 그 여인은 곁눈질도 한 번 하지 않고 상점 앞을 지나치고 말았다.

'누, 누나다. 오츠 누나다!'

이오리는 목을 길게 빼며 오츠의 뒷모습을 향해 소리를 질렀지만 아무도 그 소리를 들을 수가 없었다.

한껏 울고 난 후에는 목소리도 나오지 않았다. 이오리는 그저 어깨를 들썩이며 흐느끼고만 있었다. 이오리는 고함을 쳐도 목소리가 나오지 않는 재갈을 눈물로 적시며 생각했다.

'방금 지나간 사람은 오츠 누나가 틀림없어. 눈앞에 있었는데도 내가 여기 있는 것도 모르고 가 버렸어. 어디, 어디로 갔을까?'

머릿속이 혼란스럽고 가슴속으로 울부짖었지만 누구 한 사람 거들떠보는 이가 없었다. 상점 앞은 짐을 실은 배가 도착해서 한층 혼잡해졌고 정오가 지난 거리는 더위와 먼지로 사람들의 발길도 빨라졌다.

"어이, 할아범. 어쩌자고 꼬마를 이런 곳에 묶어둔 거요? 아이라고 그리 무자비하게 다루는 건 보기에 흉하지 않소?"

주인인 고바야시 다로자에몬은 사카이의 상점에는 없었지만 검은 마맛자국이 있어 무서운 얼굴을 한 그의 사촌은 상점에 놀러 올 때면 항상 이오리에게 과자 같은 것을 주는 마음씨가 좋은 사람이었다. 지금도 이오리의 모습을 보고 화를 내며 말했다.

"아무리 벌을 준다고 해도 길가에 어린아이를 이렇게 묶어 두면 고바야시의 체면이 뭐가 되겠소? 빨리 풀어 주시오."

"예예."

사베는 사촌의 말에 굽실거리면서도 이오리가 말썽을 피운 것을 누누이 고자질을 했다.

"여기서 감당하기 힘들다면 우리 집에 데리고 가야겠군. 오늘 오세이 님과 오쓰루에게 말을 해야겠어."

그는 사베의 말은 귀담아 듣지도 않고 안으로 들어가 버렸다. 사베는 이 일이 부인의 귀에 들어갈까 봐 두려움에 안절부절못하고 있었다. 그런 탓에 갑자기 이오리에게 친절하게 대했지만 이오리는 밧줄을 풀어 줘도 반나절 동안 울기만 했다.

대문을 닫아걸고 상점도 문을 닫은 저물녘, 사촌은 안에서 대접을 잘 받은 듯 술에 약간 취해서 기분 좋게 돌아가려다가 문득 봉당 구석에서 이오리를 발견하고 말했다.

"내가 너를 데려가겠다고 아무리 말해도 오세이 님과 오쓰루가 극구 싫다고 하는구나. 역시 네가 귀여운가 보다. 그러니 꾹 참고 견뎌라. 그 대신 내일부턴 그런 일은 당하지 않게 한다는구나. 어이, 대장. 잘됐지? 하하하."

그는 그렇게 말하고 이오리의 머리를 쓰다듬더니 돌아가 버렸다. 거짓말이 아니었다. 그가 말한 효과가 있었던 듯 다음 날부터 이오리는 상점에서 근처 서당에 다니며 공부하는 것이 허락되었다. 또 서당에

다니는 동안만 칼을 찰 수도 있게 되었다. 하지만 이오리는 그날부터 어딘지 눈빛이 붕 떠 있는 듯했다. 상점에 있어도 길가 쪽만 내다보고 있었다. 그리고 마음속 담아 둔 사람을 닮은 듯한 여자가 지나가기라도 하면 깜짝 놀라 얼굴빛까지 변했다. 어떤 때는 길가로 뛰쳐나가 멍하니 쳐다보기도 했다.

　팔월이 지난 구월 초순, 서당에서 돌아온 이오리가 무심히 상점 앞에 선 순간, 그만 목이 굳어 버린 듯했다. 게다가 그의 얼굴빛도 심상치 않았다.

간류
사사키 고지로

　　　　아침부터 고바야시 다로자에몬의 상점과
강가 앞에는 요도 강을 통해 모지가세키로 가는 배편에 실으려는 수많
은 여행 짐들과 궤짝들이 쌓여져 있어 대단히 혼잡한 상태였다. 짐들은
모두 부젠의 호소가와가나 고쿠라 번으로 보내는 꼬리표가 붙여져 있
었는데 대부분 호소가와 가신들의 것이었다.

그런데 밖에서 돌아온 이오리가 처마 아래 서서 놀란 까닭은 넓은
봉당에서 처마 끝에 있는 걸상까지 자리를 잡고 앉아서 차를 마시거
나 부채질을 하고 있는 수많은 행장 차림의 무사들 가운데 사사키 고
지로의 얼굴을 얼핏 보았기 때문이었다.

"여보게."

고지로는 고리짝에 걸터앉아 부채질을 하며 계산대에 있는 사베를
돌아보고는 물었다.

"여기서 기다리긴 너무 더운데, 배는 아직 도착하지 않았는가?"

"아닙니다."

분주히 붓을 놀리며 운송장에 무언가를 쓰고 있던 사베는 계산대 너머 강어귀를 가리키며 말했다.

"타고 가실 다쓰마미루는 저기 도착해 있지만 짐보다 손님들이 먼저 오셨습니다. 때문에 뱃사람들에게 일러 지금 서둘러 앉을 자리를 마련하고 있는 참이라……."

"강 위에서 기다리는 것이 훨씬 시원할 것 같군. 빨리 배에 올라 쉬고 싶네만."

"예, 알겠습니다. 제가 다시 가서 재촉을 하고 올 터이니 조금만 더 기다려 주십시오."

땀을 닦을 틈도 없다는 표정으로 바로 길가로 뛰어나가던 사베가 처마 아래 서 있는 이오리를 발견하고는 한마디 내뱉었다.

"이오구나. 이리 바쁜데 장승처럼 멍하니 서서 뭐 하고 있느냐? 손님들에게 보리차나 냉수라도 갖다 드리거라."

"예."

이오리는 건성으로 대답하고는 잽싸게 달려가더니 창고 옆 공터 어귀에 있는 물을 끓이는 곳에 가서 또 물끄러미 서 있었다.

이오리는 큰 봉당 가운데 있는 사사키 고지로의 모습을 노려보고 있었지만 고지로는 그것을 전혀 알아차리지 못하는 듯했다. 호소가와를 섬기게 되면서 부젠의 고쿠라에 거처를 정한 뒤로 그의 모습은 한층 관록이 생긴 듯 보였다. 그리 긴 시간은 아니지만 낭인 시절의 날카로운 눈길도 한층 침착하고 깊어졌고 상대를 무시하는 듯하던 하얀 얼굴에도 살이 붙은 듯했다. 그렇게 고지로는 위엄 있는 풍채로 변해 있었고 내면에서 풍기던 검의 기운도 이즈음에는 인격과 조화를 이루고 있는 듯했다. 그 때문인지 지금도 그의 주위에 있는 무사들은 새로 온 사범인 그를 보고 모두 간류 님, 혹은 스승님이라 부르며 공손히 대하고 있었다. 고지로는 이름을 바꾼 것은 아니었지만 나이에 어울리지 않게 그가 맡고 있는 중요한 역할 때문인지 호소가와가에 들어가고 나서는 이름도 간류라고 칭하고 있었다.

사베가 배에서 돌아와 땀을 닦으며 말했다.

"오래 기다리셨습니다. 중앙의 선실이 아직 정돈이 안 돼 조금 더 기다려야 하지만 선수의 자리는 준비가 되었으니 먼저 오르시지요."

선수 자리에 타는 하인과 젊은 무사들이 자리에서 일어서며 말했다.

"그럼, 먼저."

"간류 스승님, 먼저 가겠습니다."

그들이 먼저 나가자 간류 사사키 고지로와 그 밖의 대여섯 명이 남게 되었다.

"사도 님은 아직 오시지 않는군."

"이제 곧 도착하실 듯합니다."

남아 있는 자들은 모두 나이나 옷차림으로 봐도 번의 요직에 있는 사람들인 듯했다. 이 호소가와가의 일행은 지난달, 고쿠라를 출발해서 육로를 통해 교토에 들어간 후 옛 번저에 머물며 그곳에서 병사한 유사이 공의 삼년상을 치르고, 생전에 유사이 공과 막역한 사이였던 귀족과 지인 들에게 인사를 하고 고인의 서책과 유물을 정리한 후에 어제 요도가와 배편으로 내려온 사람들이었다. 지금 이들은 고야에서 구도 산에 들른 나가오카 사도가 팔월의 삼년상을 끝내고 교토를 돌며 고인과 관계가 깊은 지인들을 만나 인사를 끝내고 돌아오길 기다리고 있는 듯했다.

"저녁 해가 비치니 모두들 저 안쪽으로 들어가셔서 쉬시도록 하시지요."

사베는 계산대로 돌아가서도 신경이 쓰이는지 연신 아부를 했다. 간류는 석양을 등지고 부채질을 하면서 말했다.

"파리 떼가 극성이군. 흐음, 목이 마른데 방금 준 뜨거운 보리차를 한 잔 더 마시고 싶군."

"예예. 더운 물은 더 더우니 바로 찬 우물물을 길어 오도록 하겠습니다."

"아니네. 도중에 찬물은 일절 마시지 않기로 했으니 더운 물이 좋네."

"거기 누구 없느냐?"

사베는 앉은 채 목을 길게 빼고 물 끓이는 곳을 바라보며 소리쳤다.

"거기 이오 아니냐? 뭘 하느냐? 간류 님께 뜨거운 물을 갖다 드리거라. 다른 분들께도."

그리고 사베는 머리를 숙이고 일을 하다가 이오가 대답을 하지 않은 것을 깨닫고 다시 한 번 소리를 지를 요량으로 얼굴을 들자 이오리가 쟁반에 대여섯 개의 찻잔을 얹고 머뭇머뭇 큰 봉당의 한쪽에서 들어왔다. 그 모습을 본 사베는 다시 고개를 숙이고 운송장을 쓰기 시작했다.

"뜨거운 물입니다."

이오리가 한 무사부터 인사를 하며 차례대로 찻잔을 건네며 갔다.

"나는 괜찮다."

이렇게 사양하는 무사도 있어서 이오리가 들고 있는 쟁반에는 아직 두 개의 찻잔에 뜨거운 물이 담겨 있었다.

"드십시오."

이오리는 마지막으로 간류 앞에 서서 쟁반을 내밀었다. 간류는 아직 이오리를 알아보지 못한 채 무심히 손을 뻗다가 깜짝 놀라며 손을 뒤로 뺐다. 손을 대려던 찻잔이 뜨거워서가 아니었다. 손이 그곳까지 가기도 전에 쟁반을 들고 서 있던 이오리의 눈과 그의 눈이 불꽃을 튀기듯 마주친 것이다.

"아니, 넌?"

간류가 놀라움을 나타낸 것과는 달리 이오리는 꾹 다물고 있던 입술에 싱긋 미소를 지으며 당돌하게 물었다.

"아저씨, 지난번에 만났던 곳이 무사시노 들판이었죠?"

"뭐라?"

간류가 그렇게 외치며 무슨 말인가를 더 하려는 순간이었다.

"똑똑히 기억하겠지!"

이오리는 손에 들고 있던 쟁반과 그 위의 놓여 있던 뜨거운 물이 담긴 찻잔을 간류의 얼굴을 향해 내던졌다.

"악!"

간류는 앉은 채 얼굴을 돌리면서 이오리의 팔목을 부여잡았다.

"앗, 뜨거!"

간류가 벌떡 일어섰다. 찻잔과 쟁반이 그의 뒤편으로 날아가 봉당의 한쪽 기둥에 부딪쳐 깨지면서 뜨거운 물이 그의 얼굴과 가슴, 옷에 튀었다.

"쳇!"

"이놈이!"

심상치 않은 두 사람의 외침과 찻잔이 깨지는 소리에 그곳에 있던 사람들이 깜짝 놀란 순간, 이오리의 몸이 간류의 발아래 내동댕이쳐졌다. 이오리가 일어나려고 하자 간류는 이오리의 등을 사정없이 짓밟으며 소리쳤다.

"이놈이! 거기 아무도 없느냐!"

간류는 한쪽 눈을 누르며 고함을 쳤다.

"이놈이 이 집 하인이냐? 아이라고는 하나 용서할 수 없다. 어서 이놈을 붙잡거라."

기겁을 한 사베가 뛰어 내려와서 붙잡으려는 순간, 간류의 발아래 엎드려 있던 이오리가 고함을 지르더니 허리에 차고 있던 칼을 빼 들고 밑에서 간류의 팔꿈치를 향해 올려쳤다.

"아니, 이놈이!"

간류는 이오리의 몸을 발로 걷어차고는 한 발짝 뒤로 물러났다.

"이런 멍청한 녀석!"

사베가 고함을 지르며 이오리를 향해 덤벼든 순간, 이오리는 벌떡 일어서더니 미친 듯이 고함을 질렀다.

"어디 두고 보자!

사베의 손이 자신의 몸에 닿자 그것을 뿌리친 이오리는 간류를 향해 고함을 치고는 훌쩍 문밖으로 도망쳤다. 하지만 이오리는 처마 끝에서 몇 걸음 도망가지도 못하고 앞으로 고꾸라지고 말았다. 간류가 마침 봉당 안에 있던 저울을 집어서 이오리의 발을 향해 집어 던졌던 것이다. 사베는 젊은이들과 함께 이오리의 양손을 꺾어 창고 공터 옆에 있는 물 끓이는 곳으로 끌고 갔다. 일행들이 그곳에서 간류의 젖은 옷과 어깨를 닦아 주고 있었다.

"무례를 용서하십시오."

"뭐라고 사과의 말씀을 올려야 좋을지……."

"부디 너그러이……."

사베를 비롯한 상점의 젊은이들이 이오리를 그곳에 끌고 와서 사죄를 했지만 간류는 처다보지도 않고 일행이 물기를 짜서 건넨 수건으로 얼굴을 닦으며 태연히 있었다. 젊은이들에게 양손이 꺾여 얼굴이 땅에 처박힌 이오리는 그사이에도 괴로워하며 고함을 질렀다.

"도망치지 않을 테니 이거 놔! 나도 무사의 자식으로 각오를 하고 한 짓이다. 도망치지 않는다고!"

머리를 다듬고 복장까지 고친 간류는 이쪽을 보며 온화하게 말했다.

"놔주게."

사베와 젊은이들이 의외라는 듯 간류의 관대한 얼굴을 쳐다보며 되물었다.

"예? 놔줘도 괜찮겠는지요?"

"하지만."

간류가 단호하게 덧붙였다.

"무슨 짓을 해도 빌면 용서를 해 준다는 생각을 갖게 해서는 오히려 이 아이의 장래를 위해서도 좋지 않네."

"예."

"애초에 철부지 어린애가 한 짓. 내가 직접 손을 대지는 않겠지만 그대들이 정 용서하지 못하고 본때를 보여 주어야겠다면 저기 솥의 끓는 물을 한 국자 떠서 머리에 부어 주게. 생명에는 지장이 없을 테니."

"아, 국자로 말입니까?"

"그렇지 않고 그대로 놔주어도 좋다면 그리하게."

"……."

서로 얼굴을 마주보며 주저하고 있던 사베와 젊은이들이 이윽고 입을 열었다.

"어찌 이대로 놔줄 수 있겠습니까. 평소에도 버릇이 없던 녀석이라 당장 죽이신다고 해도 어쩔 수 없는데, 그 정도 벌로 용서해 주실 수 있다면 고맙기 그지없는 일입니다. 이놈아, 네 잘못이니 우리들을 원망하지 말거라."

그들은 이오리가 날뛸 것이 분명하기 때문에 밧줄을 가져와서 양손과 발을 묶으라고 한바탕 법석을 떨자 이오리가 그들의 손을 뿌리치고는 땅에 앉더니 말했다.

"각오하고 있던 일이니 도망가지 않겠다고 하잖아. 나는 저 무사에게 뜨거운 물을 끼얹을 이유가 있어서 그렇게 한 거다. 그 보복으로 나한테 뜨거운 물을 끼얹는다면 그렇게 해. 보통 사람이라면 사죄를 하겠지만 나는 사죄할 하등의 이유가 없다. 무사의 자식이 이까짓 일로 울기라도 할까 봐!"

"입만 살았구나!"

사베는 팔을 걷어붙이고 큰 솥에서 펄펄 끓고 있는 물을 국자 가득 퍼서 이오리의 머리 위로 천천히 가져갔다. 이오리는 입을 꼭 다문 채 두 눈을 부릅뜨고 기다리고 있었다. 그러자 어딘가에서 주의를 주는 사람이 있었다.

"눈을 감아라, 이오리! 눈을 감지 않으면 장님이 될 것이다!"

누굴까, 하고 소리가 나는 쪽을 돌아볼 여유도 없이 이오리는 그 말대로 두 눈을 꼭 감았다. 그는 머리 위로 부어질 뜨거운 물을 기다리면서, 아니 그런 생각조차 머릿속에서 밀어내고, 언젠가 초암에서 무사시에게 들은 가이센快川 화상의 일을 떠올렸다. 고슈甲州 무사들이 깊이 귀의歸依하고 있던 선승인 가이센은 오다 도쿠가와織田德川의 연합군이 쳐들어와서 산문에 불을 지르자 불이 타오르는 누각 위에서 '마음을 비우면 불 또한 차갑다'라고 하며 불에 타죽었다고 했다.

이오리는 눈을 감으면서 국자의 뜨거운 물 정도는 하고 생각하다가 문득 그렇게 생각하는 것조차 안 된다는 것을 깨닫고 머릿속과 온몸을 비운 무아無我의 상태가 되려고 노력했지만 부질없었다. 이오리의 머릿속에는 너무나 많은 생각들이 뒤엉켜 떠다니고 있었다. 이제나 저제나 초조하게 기다리던 이오리는 이마에서 흘러내리는 땀이 뜨거운 물방울인 듯 여겨졌다. 그 짧은 한순간이 마치 백 년처럼 느껴졌다. 이오리는 눈을 뜨고 싶어졌다. 그때 뒤에서 간류의 목소리가 들렸다.

"아, 노공老公이시군요."

국자를 손에 들고 이오리의 머리 위에서 끓는 물을 부으려던 사베와 주위의 젊은이들의 시선이 이오리에게 눈을 감으라고 주의를 준 사람 쪽으로 향했다.

"대체 무슨 일이오?"

노공이라고 불린 인물이 길 건너편에서 걸어왔다. 젊은 시종인 누이노스케를 데리고 갈색의 무명옷과 일 년 내내 입고 있는 것처럼 보이는 두루마기를 입고, 유달리 땀을 많이 흘리는 듯한 얼굴을 한 나가오카 사도였다.

"이거 황송하게 되었습니다. 하하하, 벌을 주고 있던 참이었습니다."

간류는 번의 노신인 사도가 지금 자신의 행동을 점잖지 못한 행동이라 생각하지 않을까 여겨 웃음으로 얼버무렸다. 사도는 이오리의 얼굴을 물끄러미 바라보면서 말했다.

"흐음, 벌을 주고 있었소이까? 그럴 만한 까닭이 있다면 벌을 주는 것은 당연한 일. 자, 벌을 내리시오. 나는 구경이나 하겠소."

사베는 끓는 물이 담긴 국자를 손에 쥔 채 간류의 얼굴을 곁눈질했다. 간류는 상대가 어린아이였던 만큼 자신의 입장이 난처하게 되었다는 것을 이내 깨닫고 말했다.

"이제 됐네. 이것으로 저 아이도 반성했을 것이야. 국자를 치우게."

그러자 이오리가 아까부터 멍하니 바라보고 있던 사도를 향해 애원하듯 소리를 쳤다.

"전 무사님을 알고 있어요. 무사님은 시모후사의 덕원사에 말을 타고 자주 오셨죠?"

"이오리, 나를 기억하느냐?"

"그럼요. 덕원사에서 제게 과자를 주셨잖아요."

"그런데 네 스승인 무사시라고 하는 이는 어디에 있느냐? 이젠 스승과 함께 있지 않느냐?"

사도가 그렇게 묻자 이오리는 갑자기 코를 훌쩍거리더니 눈물을 뚝뚝 흘렸다. 사도가 이오리를 알고 있는 것은 간류에게는 뜻밖의 일이었다. 하지만 나가오카 사도가 자신이 호소가와가를 섬기기 전부터 지금 자신이 맡고 있는 자리에 미야모토 무사시를 천거한 사람이며, 그 뒤에도 주군과 나눈 약속을 지키기 위해 기회가 있을 때마다 무사시의 거처를 찾고 있다는 얘기를 듣고 있었다.

간류는 사도가 이오리를 통해 무사시를 알게 됐거나, 또는 무사시를 찾는 도중에 이오리를 알게 된 것이라고 추측했다. 하지만 간류는 굳이 사도에게 이오리를 어떻게 알고 있는지 물어볼 생각은 하지 않았다. 그런 일로 사도와 무사시의 이야기를 나누는 것이 달갑지 않았고, 어찌 됐든 언제가 한 번은 무사시와 만날 날이 반드시 올 것이라고 은근히 기대하고 있었다. 그런 예상은 자신과 무사시의 이제까지의 이력을 돌아보면 충분히 가늠할 수 있었을 뿐 아니라 주군인 다다토시는 물론이고 노신인 나가오카 사도 역시 그런 때를 예기하고 있는 듯했다. 하물며 그가 부젠의 고쿠라에 온 순간, 그런 기대감이 주고쿠와 규슈는 물론이고 각 번의 무사들 사이에도 널리 퍼져 있었다.

 지역적인 관계도 있었다. 무사시의 고향은 자신이 태어난 곳과 같은 주고쿠였고, 또 에도에서 생각하던 것 이상으로 무사시의 명성과 자신의 이름이 서쪽 지방 일대에서 화제에 올라 있었다. 때문에 필연적으로 호소가와가의 본번本藩과 지번支藩에서도 무사시를 높이 평가하는 자와 새로 온 간류 사사키 고지로를 더 높이 평가하는 자들이 은연중에 대립하고 있었다. 그 한편에 간류를 호소가와가에 천거한 같은 번의 이와마 가쿠베가 있었다. 주로 세상 검인들의 흥미로 인해 그런 분위기가 생겨난 것이기는 했지만 근본적인 원인은 이와마 파와 나가오카 파와의 대립에서 빚어진 것이라고 보는 자들도 있었다. 어찌 됐든 간류가 사도에게 달갑지 않은 감정을 품고 있고 사도 역시 간류에게 호의를 갖고 있지 않는 것만은 명백했다.

"준비가 되었으니 중앙 선실에 계실 분도 이제 배로 오르셔도 좋습니다."

마침맞게 다쓰미마루에서 사공이 마중을 오자 간류는 어색했던 자리에서 일어서며 말했다.

"노공, 그럼 먼저 실례합니다."

간류는 다른 무사들과 함께 황망히 배가 있는 쪽으로 걸어갔다. 뒤에 남아 있던 사도가 사베에게 물었다.

"배는 해질녘에 떠나는가?"

"예, 그렇습니다."

사베는 아직 일을 다 매듭짓지 못한 듯한 불안한 마음에 상점 안 큰 봉당에서 어슬렁거리다가 대답했다.

"그러면 잠시 쉬다 가도 늦지 않겠군."

"물론입니다. 차라도 한 잔 드시지요."

"국자로 말인가?"

"당, 당치도 않습니다."

사베가 정곡이 찔린 듯 난감한 표정으로 머리를 긁적이고 있는데 상점과 안쪽 칸막이 사이에서 오쓰루가 얼굴을 내밀고 작은 목소리로 불렀다.

"사베, 잠깐만⋯⋯."

사베는 이곳은 상점 앞이고 또 시간이 많이 걸리지 않는다며 사도를 상점 안쪽의 다실로 안내했다.

"나를 만나고 싶다는 이는 이 집의 부인인가?"

"인사를 여쭙고 싶다고 하셔서."

"무슨 일로?"

"아마도……."

사베는 머리를 긁적이며 몸 둘 바를 모르겠다는 듯 말했다.

"이오리가 무사하게 됐으니 주인 나리를 대신해서 그 인사를 하시려는 듯합니다."

"흠, 이오리에게도 할 말이 있으니 이리 불러 주게."

"알겠습니다."

사카이 상인의 다실이라는 말이 어울릴 만큼 정원은 상점 앞과는 달리 더위나 소음과는 무관한 흡사 별천지 같았다. 연못과 돌, 나무는 물기를 가득 품고 있었고 희미하게 물이 흘러가는 소리가 귓가에 시원하게 들렸다. 오세이와 오쓰루가 다실 한 칸에 양탄자를 깔고 다과와 담배, 그리고 화로에 향료를 피워 놓고 사도를 맞이했다.

"행색이 지저분한 것을 용서하시게."

사도가 자리에 앉아 차를 마시며 말하자 오세이가 고용인들의 지각없는 행동에 대해 사죄하고 이오리의 일에 대한 감사의 인사를 전했다.

"아니네. 그 아이는 예전에 본 적이 있는 아이일세. 내가 때를 잘 맞춰 온 것이 다행이었네. 그보다 이오리가 어떻게 이곳의 신세를 지고 있는지 듣지 못했는데……."

오세이가 야마토로 참배를 가는 도중에 우연히 만나 이오리를 데리고 오게 됐다고 말하자 사도는 이오리의 스승인 미야모토 무사시라는 이를 몇 년째 찾고 있는 중이라고 말했다.

"조금 전에 길 건너편에서 사람들 속에 앉아 이오리가 끓는 물을 뒤집어쓰게 된 광경을 보게 되었네. 어린 나이에 걸맞지 않게 아주 대범하고 굴하지 않는 모습에 감탄했지. 저런 기개를 지닌 아이를 상가에서 데리고 있다가는 오히려 성품이 비뚤어질지도 모를 일. 그러니 내게 맡기지 않겠나? 내가 고쿠라로 데려가서 손수 키워 보고 싶네만."

사도가 이렇게 청하자 오세이와 오쓰루는 기뻐하며 동의했다.

"바라던 바이옵니다."

그들은 곧 이오리를 불러오기 위해 자리에서 일어섰다. 이오리는 처음부터 근처의 나무 그늘에 서서 그들의 얘기들을 전부 듣고 있었던 듯했다.

"싫으냐?"

모두가 묻자 이오리는 꼭 고쿠라로 데려가 달라고 말했다.

배가 떠날 시간이 가까워지자 오쓰루는 사도가 잠시 차를 마실 동안, 마치 자기 동생이 여행이라도 떠나는 것처럼 옷가지와 삿갓, 각반 등을 준비하느라 분주히 움직였다. 이오리는 난생처음 주름이 잡힌 바지인 하카마*를 입고 무가 신분이 되어 사도를 따라 배에 올랐다.

저녁놀이 물든 구름 아래, 검은 돛을 활짝 핀 배가 물살을 가르며 부젠의 고쿠라로 출발했다. 오쓰루와 오세이, 그리고 사베를 비롯한 많은 사람들의 배웅을 받으며 이오리는 사카이 마을 향해 삿갓을 흔들고 있었다.

10권에 계속